Glömskan

失 忆

失忆的年代长篇系列之一

Glömskan
失 忆

KJELL ESPMARK

[瑞典] 谢尔·埃斯普马克　著

万之　译

世纪出版集团 上海人民出版社

中文版序

　　这个小说系列包括七部比较短的长篇小说，形成贯穿现代社会的一个横截面。小说是从一个瑞典人的视角去观察的，但所呈现的图像在全世界都应该是有效的。人们应该记得，杰出的历史学家托尼·朱特最近还把我们的时代称为"遗忘的时代"。在世界各地很多地方都有人表达过相同的看法，从米兰·昆德拉一直到戈尔·维达尔：昆德拉揭示过占领捷克的前苏联当权者是如何抹杀他的祖国的历史，而维达尔把自己的祖国美国叫做"健忘症合众国"。但是，把这个重要现象当作一个系列长篇小说的主线，这大概还是第一次。

　　在《失忆的时代》里，作家转动着透镜聚焦，向我们展示这种情境，用的是讽刺漫画式的尖锐笔法——记忆在这里只有四个小时的长度。这意味着，昨天你在哪里工作今天你就不知道了；今天你是脑外科医生，昨天也许是汽车修理工。今天晚上已经没有人记得前一个夜晚是和谁在一起度过的。当你按一个门铃的时候，你会有疑问：开门的这个女人，会不会是我的太太？而站在她后面的孩子，会不会是我的孩子？这个系列几乎所有长篇小说里，都贯穿着再也找不到自己的亲人或情人的苦恼。

失忆是很适合政治权力的一种状态——也是指和经济活动纠缠在一起的那种权力——可谓如鱼得水。因为有了失忆，就没有什么昨天的法律和承诺还能限制今天的权力活动的空间。你再也不用对自己的行为承担责任——只要你成功地逃出了舆论的风暴四个小时，你就得救了。

这个系列的七部作品都可以单独成篇，也是对这个社会语境的七个不同的切入视角。第一个见证人——《失忆》中的主角——是一个负责教育的官僚，至少对这方面的灾难好像负有部分责任。第二个见证人是一个喜欢收买人心的报刊主编，好像对于文化方面的状况负有部分责任

（《误解》）。第三个见证人是一位母亲，为了两个儿子牺牲了一切；儿子们则要在社会中出人头地，还给母亲一个公道（《蔑视》）；第四位见证人是一个建筑工人，也是工人运动的化身，而他现在开始自我检讨，评价自己的运动正确与否（《忠诚》）。下一个声音则是一位被谋杀的首相，为我们提供了他本人作为政治家的生存状况的版本（《仇恨》）。随后的两个见证人，一个是年轻的金融巨头，对自己不负责任的经济活动做出描述（《复仇》），另一个则是备受打击被排斥在社会之外的妇女，为我们提供她在社会之外的生活状况的感受（《欢乐》）。

这个系列每部小说都是一幅个人肖像的细密刻画——但也能概括其生活的社会环境：好像一部社会史诗，浓缩在一个单独的、用尖锐笔触刻画的人物身上。这是那些伟大的现实主义作家如巴尔扎克曾经一度想实现的目标。但这个系列写作计划没有这样去复制社会现实的雄心，而只是想给社会做一次 X 光透视，展示一张现代人内心生活的图片——她展示人的焦虑不安、人的热情渴望、人的茫然失措，这些都能在我们眼前成为具体而感性的形象。其结果自然而然就是一部黑色喜剧。

这七个人物，每一个都会向你发起攻击，不仅试图说服你，也许还想欺骗你，就像但丁《神曲·地狱篇》中的那些人物。但是，这些小说里真正的主人公，穿过这个明显带有地狱色彩的社会的漫游者——其实还是你。

Lytt Esmash

2012 年 9 月

译注：

托尼·朱特（Tony Judt，1948—2010）为英国历史学家，其代表作是《战后：1945 年来的欧洲史》。米兰·昆德拉（Milan Kundera，1929— ）为长期流亡法国的捷克作家，代表作有《生命中不能承受之轻》等。戈尔·维达尔（Gore Vidal，1925—2012）为美国作家，擅长创作当代历史小说。所谓"健忘症合众国"英文为 United States of Amnesia 和"美利坚合众国"United States of America 谐音押韵。

4

我很高兴你来找我。你在走廊里的快速脚步声，就已经使我本来几乎停止的思维运转了起来。你的动作里有一种期望，使我又有可能找到词汇。而你自然而然地坐下，就像在一个老熟人家里，尽管我们两人都知道，这样的关系其实早已不存在。让我这么说吧，你用一种自然而然的方式，把你我算成同一个圈子的人——在另一种情况下，我们本来确实是可能成为朋友的。

　　摇曳的光线里我很难看清你。当我想确定你的形象的时候，你的样子却散开和重叠。但是我能清晰地听到你的呼吸声，不是那种气喘吁吁的呼吸，好像你曾经快步爬上楼梯，或者因为咄咄逼人而来势汹汹，你只是平稳悠然地呼吸，像在等待着什么。我感到你在偷窥着我的手提箱。你当然已经明白，这只箱子就是我的记忆。是啊，你得原谅我，在说到这件事的时候，我的口气有点苦恼。就像某种外在记忆物如今已经必不可少一样，当你的无能为力就这样成为眼下的问题，你也会一样感到烦恼。不过，就调查工作来说，这样的安排是一个前提。没有了手提箱，我就完全束手无策了。

我知道，我必须赶快抓住你的注意力。否则你只会听几秒钟，越来越不耐烦，最后就站起来走掉了。我可正需要你呢。我想你也需要我。也许，我要说的事情也关系到你的生活，至少触摸到了你我生存的根基。我要试试进入正题。

就我的理解来说，你来找我，是想知道失忆到底是怎么回事。原则上，派一个负责调查此事的人来说明情况应该是最好的了，没有人更合适。我只担心，你会过高估计我对这个问题的掌握程度，但是我还是要尽我所能，不要让你再莫名其妙。作为回报，我希望你能帮助我找到……是啊，再找到**她**。我想捕捉一个名字，但是已经没什么名字存在，这你当然明白。尽管有一个名字几乎就在唇边，可我不敢说出来。要是说错了，那我就等于闯入了一条不能回头的死胡同。我必须让这个问题开放。

就是说，我需要你的帮助，来评估这些不多的线索。属于这次调查范围的文件只占了这个手提箱里的主夹层的一部分。在侧夹层里，我放的是我个人材料里剩余下来的文件。我没有计算那些塞在各个衣袋里的成堆的记事条，我来不及看，但是也不敢扔掉，这些能提醒我的纸条越来越多，像杂草丛生，简直要把我的头都埋起来了。你能看到，那些放在私人文件夹层里的材料并不多，是我随身带的不同种类的证件，有些已经损毁或褶皱了，有些是比较新的，一些照片、几张收据、几本日历簿、一两张账单等等。这些文件实际上对我也是陌生的，就像它们对你应该是陌生的一样。

当我开始挖掘我的个人历史的时候，必定是有过担心的，生怕用这种方式来抗拒健忘症是违法的——是，我更喜欢"健忘症"这个词，而不是更流行的用语"失忆"。我显然已经查看过了目前有效的法律文件。在这个记事条上我看到，我甚至和司法部的主管提到过这件事情。是27号，没有写出月份。但记事条上写着"同意"。那个笔迹是我的：这是我最基本的身份。只有一个迹象是让人不安的。在这张纸条上的"同意"下面写着："不过得睁大眼睛"。还有一个问题预兆着灾难："你—的—调—查—呢？"显然每个字都下笔很重，做了强调。不可理解。

现在你坐在我的面前，这就给了我一个独特的机会，能帮我从绝望中清理出头绪。我可以对照你的茫然来测试我的茫然，可以一起搜查我们正在扩大的空白，一段一段地推进……我不是要搞明白那种小事情，比如说你不记得自己成长时期的事情，或者不记得昨天晚上在哪里，或者是你正在做的随便什么事情——这样的事情我们毕竟还是学会了应付。不，我想到的是每个晚上当站在我们称呼为"家"的门前时的无奈与无聊，不知道在门后等待着我的是什么面孔。几个陌生的孩子向我走来，试着用一种称呼：爸爸？一个陌生的女人给我一个犹犹豫豫的拥抱，或者问一个尖锐的问题，口气可能就像学校的女教师，也可能就像一个监狱的看守。想想看，其实这就是她！我可能和她睡觉，可能不睡。不记得。但很可能今天晚上和昨天晚上不一样。

我肯定被赶出来很多次了。很多迹象表明，健忘症是分布不均的。分布最密集的很可能就是我通常在里面活动的那个圈子。有时，会有人感觉我是陌生人，他们会排挤我。我不记得了。

但是，这些想找到家的绝望尝试，只是一种寻找的迹象，延伸过我的整个生存状态。我反反复复地翻遍了我的文件，焦急迫切地寻找什么踪迹……对，她的踪迹。我在我的材料中要找的是那样一些要点，其中有一些更重要的前后关联会突然清晰，一行字，或者一张照片，能给一个巨大而未知的部分投上出乎意料的光芒。但是你必须帮助我来看。

　　我要把我的意思说得更清楚一点。瞧瞧这张男孩子提着鱼的照片。我敢说这张照片照的是我，大约9岁时的样子，从脸上已足以看得出来。这个男孩提着的是一条三文鱼，肯定有一公斤半重。在另一只手里他拿着一个带绕线轴的钓鱼竿，一种简单的男孩型号的鱼竿，带有绕线轴但没有什么精致的雕饰。虽是在生活片断之中，但一切都非常清楚：一件格子背心，宽大的高尔夫球裤，过分显小的帽子——还有这条难以置信、闪闪发光的鱼。你能看到，男孩站在一条宽敞的摩托艇甲板上。收起来的桨在他身后像个V字叉开。沿着地平线伸展的必定是北方省份的针叶林河岸，石头很多，偶尔有一两根圆木矗立水面。一个有着像是三桅船轮廓的沙洲正被精确地勾画出来；每根枝杈都清晰可辨。但是最清楚的事情是照片里没有的——拍照的人。整幅画面都是对着他的，服从着他的导演。这男孩带着关注的目光摆着姿势，把闪光的鱼伸过来让他评估。照片里找不到的父亲，要是身影落在艇上，就能更加清楚。这是一个从不露面的父亲，虽然他总是就在现场。男孩显然是一个离婚家庭的孩子，而且生活在离婚依然是件大事的时代，能把孩子扔到不分阶级的地方：既不是资

5

产阶级子女，也非工人子弟，什么都不是。这个男孩的皮肤细薄得透明。在这个胜利的时刻，手提着鱼，他就像是一个候风地动仪。他必须用皮肤测知现实中的每一次地震，能及时躲避，保卫自己，得以幸存。一定是这种灵敏度，使得照片如此清晰。这张照片本来应该被白色和无意义淹没。但这个男孩紧张的注意力让每个波浪、每节树枝都各就各位，定格不动。更是他的眼神使得父亲在照片里也如此清晰。有你的帮助，我就能看见。

我其实是在尝试建立那种视角，能够鸟瞰各种事情有广阔关联的地方。用这样的方式，我就能为自己找到方位，找到一条道路，通向……。我们必须给她一个名字，一个无论如何不是欺骗性的确定的名字。如果我们叫她L，你是否觉得奇怪？这个字母在任何情况下都比较可靠，这个问题我以后还会谈。只是一个字母，就几乎不会关闭太多的门。我承认，这样一种命名有点让人难为情，因为从某种观点看缺少亲密性。而从另一个方面看，它又是比较合适的，能让你保持某种距离。毕竟你很快也会看透这些或许越来越脆弱的私人事物。

我寻找的就是这样被光明照亮的时刻。我相信，他们在什么地方等待着出现，在那些最无法预见的地方——就那方面来看也是在官僚活动中。这个部门已经是这样一个幸运的瞬间的产物。而这是我自己建立的部门也不是不可能的。在这种情况下——我深信不疑——这不是出于什么我对特权的饥渴，或者出于努力把更多的影响力抓到我手里的一种企图。实际上我对荣誉或权力都没有兴趣，不是为了荣誉和权力本身，而是把它们当作工具，以便能提供人们期待我提供的东西。不，这个部门就是某种远见的结果，而我对此自然没有任何记忆，但是也不难设想。你可以想象一个组织——一个内阁部门或者一个行政署或者现在的什么政府机构——有一天突然发现在他们下面还有另外一个机构。那时就应该增加一个或几个下属机构，这样才能让他们互相沟通。可是也得设想在更高级别上所说的这个单位要和更多其他单位合作，协调投入的力量。这就反过来要求在沟通方面投入新的力量。最后，你坐在那里，感到束手无策，无法对付一个不能全面考察的网络。本来是为沟通而建立起来的，但是由于它的庞杂，编织成一个阻挡所有信号通过的大网，一切就都停止在了自身内部的喃喃自语之中。此时此刻，我倒突然清楚地看到，各种连接应该如何安排，才能创造几个小时的关联：脸上要燃起火光，各种功能和有关联的事情要清理好，一个不为人知的等级出现了，带有古老蚀刻铜版上的清晰，如一个圣经雕刻，那上面神圣的光芒正从破碎的云缝间向下射出，照亮了树林和田野。

这种图像是从哪里来的？我无法回忆起任何圣经的插图。那是一种干扰。好像是另外一种意识，在一瞬间通过了我的意识。

我寻找的是和这个男孩的猎物有亲属关联的东西，那只野兔不太像是真的，从拼图图片般的叶子、云彩及曲折徘徊的小路中猛然钻出来，现在又把自己淡淡的光芒照射到整个森林之上：一个让人醒悟的时刻，能捕捉住之前的岁月和往后的岁月，捕捉住人的关系、背叛和闲言碎语的沉默，一个能够克服正迅速扩张的失忆的时刻。

最好的帮助手段自然就是这些照片。可惜，我只持有不多的几张照片。有两张是曾经贴在照相簿里的，在后面有同样的浆糊痕迹，有同样的灰红色纸片。其余照片，能够为我打开过去的大门提供钥匙的，都不见了，还放在很多叫做"家"的地方的其中一个里。这些我抢救下来的照片可能在某次我们分手时被放在某个钱包里，或者是被放在一个衣兜里带在身上——因此褶皱得不成样子了。

奇怪的是没有什么**她**的照片。这是不可思议的，就是说，不论发生了什么事情，我首先没有确保给自己留下她的照片。也许我有过一张照片——或者更合理的说是有过数张——但被偷掉了？我会把一张如此珍贵的照片忘记在什么地方，同时又带走了其他照片，这简直不可相信。但是，谁会有兴趣来偷一张陌生女人的照片呢？就算她也许是非常漂亮的吧？自然，另一个女人在妒火中烧的时候，可能会在我睡觉的时候查看我的东西，我的很多叫不出名字的女人中的某个女人，在很多我无法确认的地址之一。一个女人，不可能在相识了仅仅一两个小时之后，就被爱情合理地捕获，但她还是会感到嫉妒痛苦，因为她这一夜的丈夫居然还窝藏着对另一个女人的不正当的持久激情。这是完全可能的，是的，甚至就是这么回事，就是这么发生的。

你现在别不耐烦。我明白，你要了解的是失忆，换句话说，我这个手提箱主夹层里的东西才是你感兴趣的。但让我先说明一下，这项官方调查和我自己的私人考古是同一件事情的两面。如果说，我个人的项目几乎完全取决于更高层的官方调查的结果，那么从另一方面来说，私密的活动本身也是营养，能让官方的挖掘调查有可能继续下去。对 L 的寻找，正如你会注意到的，也直接显示在这次吸引你到这里来的法庭调查中。事实上我能想象，发生在我们两人头上的事情是一种迹象，是牵连到我们整个社会的，我只能这样理解，另外的方式无法理解。我请求你对我有点耐心。在你离开我的那个时刻，你不会比我知道得少。

我是如何失去她的呢？这里有过极为戏剧性的事情，曾经留下某些非常清楚的痕迹，但是这些痕迹被完全彻底地消除了。我有一种含糊的感觉，我过的其实是一种变化多端的、几乎是动荡不安的生活，但是又没有什么是可以点明的。像在一个有回声的空虚之中摸索一个乱七八糟而且残暴的梦，我尝试回忆这个梦，但枉费心机。不，更准确地说——因为同时我对我肯定已经体验过的那些事情又很陌生——好像我是在一个不熟悉的、稍微破损了一点的单元房里转悠，那些吵闹爱惹事的房客刚被驱逐出去。我在那些空荡的房间里走来走去，拨弄那些部分被扯下的墙纸，拉出一个依然挂着的坏了的框子，上面还带着血迹；我在那些残留在地板上的半不可置信的剩余物体中间用鞋尖拨动一块廉价的多结节的地板拼板，它的一处已经断裂

10

了，还有火烧的痕迹——是有人在房间中央放的火！我站在所有这一切中间，好像我在主持一次调查，但是并不知道这一切都是为了什么。

我注意到，你在瞥视着我脖子上贴的这块大胶布。是的，这是一个很好的例证，说明我正处在一个难以接近的戏剧场景中。那是非常新的创伤，很可能是来自昨晚，甚至是今天早上。我能感觉到它都渗透出了血水。虽然这是一个相当浅的伤口，但是伤在一个有生命危险的地方，就在颈动脉旁边。在我尝试包扎好伤口的那个时刻，房间突然昏暗不清而且震动起来，是由于剧烈的头痛而引起的：有无法听见的尖厉声音，有暴烈的动作，但没有哪怕最微小的视觉清晰性。我被卷入了一种什么样的狂怒事件之中？这出戏剧中难以企及的部分被一个来自完全不同方向的证明凸显出来——如果你原谅我这么说：来自我睾丸里的微痛清楚表明……是的，已经在深夜间发生过很多次。这和刚才模糊不清地出现的暴力是有冲突的。而我还是必须把这些对立的症候结合起来。除了身体里的记忆，我这里没什么别的可利用的。而且它们可以是如此的清晰——却对于比较新近的情况一言不发保持沉默，什么都不告诉我；是在哪里、是谁、为了什么、在什么光线中？有人对我施加暴力，这并非没有可能。我明显是在非常变动的环

11

境里活动，在那里我是作为陌生人出现的，却占据了中心位置，可能把某些人挤走，或者自己也被挤走。失忆肯定是被这种进攻性大大强化了。此外，我明显地生活在威胁之下。手提箱里那根被拧下来的铁管是这种威胁的暗示。我不可能是什么有暴力倾向的人。我把铁管放在那里肯定是因为一种不得已的处境，在这种处境中我明白我生活在危险中，必须保卫自己。所以我现在不敢扔掉我的这根临时警棍，尽管它很重。我能希望的唯一的事情，是希望想整我的这个人，或者这些人，他们也会失忆。但我的名字可能被写在一张纸上，就不会被他们忘记了。

要清除掉那些危险因素是不太可能的，那些无声的噪音，那些被抹掉的暴力，正好都牵涉到我。它们和电视上出现的同样被忘记的迹象流动在一起，而电视自然会整个晚上都开着：无法听见的尖厉的汽车轮胎擦地声和警笛声，还有褪色的血迹和被擦掉的阴谋诡计等等。在那些逝去的事物中是没有什么界限的，没有什么界限能把牵涉到我或者我们的那些事和虚假的生活分开，那种生活透过所有人家的客厅闪烁，能在几个小时内占据所有人的存在。

但这只是一点小小的模糊不清之处。更严重的是我在我经历的生活和其他人经历的生活之间无法划出界限，他们的生活部分是在我身上经历的。我们的方式是通过对方而抄生活的近路，或者在对方那里我们定居下来，暂时的，或者是更长时间的，这种方式使得我非常难以区别**我的命运**。

以相应的方式，我有一种感觉，我们生活在政治和社会动荡时期：迅速翻盘、丑闻、金融投机、谋杀有领导地位的人，是的，一个悬在人们头顶的国际性的威胁———一场动乱只过一两小时就会被人遗忘。我不能具体说明这种经验。那只是一种对风暴和愤怒的模糊不清的感觉，它们喧嚣而过但没有留下其他痕迹，只有微弱的感觉，可以过一种死后的生活。而有关世界范围的威胁的一种想法，可能只是我自己尝试用自制警棍防范的那种危险的放大投影。我尝试弄清楚的是，它是否关系到在我们的纬度上一种可能是典型的琐碎事情的加载，一种从来不会释放的压强，一个唯一的漫长的灰霾日子，有暴烈暗示的雷电，一种压抑的带着犯罪气息的风，但又是从来没有犯下的罪恶，而是呈现在一种始终微痛的负疚感中。或者经过这里演出一场真实的戏剧，戏里有在我们头脑里快速愈合的战争，有未经文献记录下来的反叛，有被掩盖起来的贿赂丑闻，有和其他一切同时被忘记的巨大诱骗交易，也就是说被它们的制造者忘记。有一系列发作和狂怒的场合，把那些做出反应的人带入几个小时的热情之中，为了把他们再空虚和困惑地留下，留在一个无法让人理解的冲突碰撞和激动的说话声的回声中。我不知道。我甚至不能记得那当政的政府是什么色彩的。不是因为那颜色会造成什么区别。但我的忠诚还是应该有更加精确的内容。

我拥有的能开始着手的全部材料就是手提箱里的一些稀疏的记忆残余，一些只有一半还可读的剪报，一些备忘录，显然涉及我们这个社会里敏感但是难以判定的困扰——这些现象能在早晨引起高声叫喊，能导致电视黄金时间的委员会调查，而第二天又都消失。那时就只涉及罪人——不是一个金融家就是一个社区巨头，或是一个内阁成员——忍受几个小时，然后他就又平安无事了，也就是牵扯到来自本身良心的嘲弄而已。

但是，看来没有什么文件涉及到失忆问题本身。我无法指出任何确定的东西，只能说这个题目是个禁忌。

自然，我尝试过利用数据资料的帮助来搞明白我自己的生活情况。但是你也知道，每次这样的尝试都只会导致更多的困惑。动乱也进入了这里。在有我名字的一张单子上——我这里还留着——可能有些信息是正好和我多少有关系的，只是不清楚到底是什么，而更多的是有关完全陌生的人的信息，他们挤进来，夺走了人们的注意力。有些资料说我有法学士学位，这可能没错，不过又有的说我是专业训练出来的屠夫，而且最近六年中我在一个托儿所当所长。有一页登载争论的报纸，上面有社会不同领域的人的互相攻讦，吵的是关于那个挂着我的身份号码的困惑的造物。有一条评论言之凿凿地说，我此刻正在服刑，刑期长短却不定；好像是我挪用了一笔较大的遗产——这样一大笔钱的转账怎么可能做得到。大量的债权人挤进了文件里，叫喊着要我的脑袋，其次是向我索要很多互相矛盾的债务的还款和利息，又索要我在斯德哥森的一栋房子，又索要我在恩舍德的那栋我自己住的房子，又索要本来属于我经营农业的一条渔船——在人口调查局名下的全部信息都证实我是住在瓦萨区，住在南岛区，又住维斯特列登区。最混乱的部分是我那些妻子和同居者——肯定达到了三十多人——她们互相扯掉了头发，大声的叫喊压倒了喋喋不休讨论一大堆孩子的抚养费的那一段，总计出的一个金额数字超出了那张单子上列出的工资额的好几倍，或者更确切地说：那份工资额说的还是我占有的不同职业的工资的总和。欠付记录的那份清单也是让人不可不敬畏的，可追溯到的时间如此久远，完全能够抵销掉那些众多银行贷款的任何一件。我也注意到，我是预备役军官，而同时我在入伍登记时又因为平足和罗圈腿而被免除兵役。就好像我们全都在对方身上拥有内视力，能在对方内部说话和思考，能过对方的生活却不记得对方，好像这内视力在某种程度上由电脑系统化了。相对来说，在棘手而难处理的文件上没有任何东西，有关我的绝望，有关已经成为我的生活的那种寻找和询问以及毫无帮助的图案拼接。

能证明 L 和我共同生活过的最清晰的证据是这张购买两张床的付款单，日期是 1972 年 5 月 23 日。是的，现在它变得模糊不清了，但是我刚才还让这个日期吃了一惊，因为我来得及看到七和二，但我不敢发誓这就是日期。我同时可以缓解你的急躁，告诉你这份文件可比其他东西更能说明那一次必定是在相当晚的时候影响到我们的现实生活的变化。对我来说，这是一种迹象，说明一种新生活是如何在那个春天开始的——在合乎情理的前提之下，即这份账单确实是发给我的。这份文件已经破损，而且写收信人的地方都发白了，但是姓是从一个字母 K 开始，跟着的字母很像是一个 e；克尔维尔（Kervell）无论如何是一种合理的读法，即使其他名字也想混杂到我的情况中来。

这文件平淡无奇地说到了两个杜克斯牌床垫。它不知道的是后来两个身体是如何在床单上一手掌那么高的地方飘动，互相进入，互相抚摸身体的各个部分。而我知道，能从我感觉到的那种思念中知道。

这份磨损的文件看上去曾经在一个裤兜里保存过，也

16

是我拥有的能证明她存在的最可靠的文献。在这件事发生之前相对短的时间里，我们跨入了对方的生活，从此就再也不能完全分离。我右手上有个部分我能察觉到，那里的皮肤本身具有对皮肤的强烈记忆，那记忆是无法用词语说出来的。她存在于我的眼中，在我观看的方式中。她也能保留在我的耳朵里，在对一种熟悉声音的等待中，而这声音伴随我倾听着一切。但是，那个可靠的点，我能一而再、再而三地回到的点，还是这份文件，它能讲述我们在一起的新生活。

从另一个观点来看，这份小文件是一个重要的证据，说明我们的生存状态中一种未被注意的转变。1972 年的时候人们还可能给顾客送账单，期待账单能及时寄到，付款就能及时进入账户，而不会等到所有痕迹都消失不见。在这个时间点上当然还能找到某些不安的东西。在这份文件上印出的是 30 天内付款的要求，但数字被人用墨水改成了 10 天。这么长的延缓时间还是应当有的吧。今天，没人敢发出这样一份账单，还希望能被记住。现在，货物的发运和供应比那个时候大多了，但是销售者和购买者的关联已经不存在了。没人能够回来要求更换某件商品，即使他手里还有收据，带有这个商店的地址。在柜台后面，自然会站着一个完全陌生的人，拒绝认出所涉及的这个商品。但是这份文件指定了一个时间点，那个时候，我们显然还有钱花在一对能使用多年的床上——价格是说明这点的——而且我们还能相信，每个晚上我们都会找回到这对床上来。我有理由相信，这两张床现在还放在什么地方，在很多可以被我称之为"家"的那些地址——但这次的地址是对的。我当然已经尝试过追踪卖这两张床的商店，希望能知道他们的交货地点。在地址上——是政府街上的一个号码，显然是曾经能读得出来的——不过现在用我的笔迹写着："此门牌号没有这样的商店"。

在这张账单的诗情画意的年份和苍白的现在之间，到底发生了什么事情？健忘症肯定影响到我们大家，大约像是一个突然的但不完全是意外的地球轴心角度的变化：覆盖着树木的森林和茂盛的田野突然转变成了空荡的布满思想的沙漠。在这里面会有什么人类罪行的成分吗？在这样的情况下，那我作为调查者就有责任，把罪犯当场抓住，就在他犯罪的地方。

早晨出门前后，总有些事情是不清楚的，造成这种不清楚的自然还是因为你始终必须记挂住一个中心问题：不能忘记这个手提箱——忘记了，你就失败了。这点至少我做到了。我自然没有忽略那样的可能性，即之前我有过更多的材料，但忘记在什么地方了，不得不用一个新买的手提箱重新开始收集，只能装上我碰巧塞在衣兜里的东西，或者是被我发现压在写字垫板下的，或者是混在这些写字台抽屉里的文件中的。事实上，这能够解释为什么我的手提箱私人材料的夹层里只剩下这些并无意义的残余物。例如，这两张照片，根据背面的浆糊痕迹和纸片来判断，是从一个照相簿里撕下来的，因为被放在一个衣兜里，所以能抢救下来。因此它们也褶皱得厉害，而照相簿则和手提箱一起被留在某个"家"里，某个我从来没有能找回去的"家"。

　　从另一方面来看，这与本次调查的工作是不符合的。我不会在一个早晨忘记写有规定的工作文件和其他一切，然后重新开始收集，那不合情理。那就等于假定我现在的手提箱里拥有的文件是用于有新规定的另一项任务——而没有人曾经询问过那项已走入死胡同的调查；无论如何，没人能记得责任者。除此之外，手提箱也足够陈旧，磨损得厉害，几乎到了散架的地步，新手提箱那样的假设就能排除了。但是，为什么这些材料给人留下这么清楚的印象，使它们看上去只是丢失的已收集材料的剩余部分？一种解释背叛了另一种解释。好像每次想得到结论的尝试反而会分解出更多的头绪，朝不同方向迅速逃逸。

　　现在，能在任何情况下确保我的材料的，是我的条件反射动作，把手提箱对着大门放置，这样，就算我会忘记的话，也得摇摇晃晃地跨过它。事实上，就在我们谈话的时候，我一直有持续不断的冲动，要走过去把手提箱斜向大门的方向，这样就能部分挡住出口。这是或曾经是迫不得已的办法。盖子内侧用一个大纸夹夹着的这张纸条，也是我采取的一部分安全措施。上面的"衬衫"用的是大写的字母。当手提箱放在门边等着我的时候，这纸条自然是夹在盖子外面的，明显可见，能成为一种提醒，让我想到晾在我临时洗澡间里的衬衫。现在，一件备用衬衫就和一件必备衬衫、一两条短裤及两对袜子一起放在手提箱的主夹层里。摸上去不是很干，因为最后这个晚上晾的时间短，或是湿度太高。我身上穿的，加上我手提箱里有的，当然就是我现有的全部衣物了。所有其他的衣物都被留在那些已被我遗忘的地址中的一个地址。西服太破旧的时候，我再买一套新的就是了。反正还有钱在以支票方式转入我的账户，即使数目以及与我的关系有点模糊不清。

要是有一天，我应邀出席一种齐整体面的场合，连日常的衣服都显得不得体了的话，那我必须谢绝。我当然可以买一套暗灰色的西服和一件白衬衫，而鞋子就凑合了，但换衣服意味着越来越大的危险，到了星期一就可能穿不到普通工作服了。此外，也不太可能还有人再有念头安排一个比较盛大的宴会了。你怎么还能希望你可以再坚持这样的活动一两个星期——除此外，还指望客人们能记得这件事情？谁还记得有我在场的那个部分？

但是，在这种漫游不定的生活中，最不方便的一定还是那件大衣。正如你看到的，它搭在沙发靠背上——事情很简单，它太重，不能挂在钩子上。它的衣兜里塞满了旧钥匙，重得我勉勉强强才走得动路。瞧这里。我可以在沙发上倒出几堆钥匙：ASSA 牌的，YALE 牌的，SILCA 牌的，TEKA 牌的——甚至随便什么牌子的钥匙都有。我就是不敢扔掉任何一把。其中一把毕竟是正确的钥匙啊。或者说曾是正确的钥匙。同时，等我晚上回"家"，所有的钥匙又都用不上。那时我就自然必须按门铃。我搞不明白的是，我那些临时太太们自己是怎么进到住宅里的。就是说她们早上必须去上班，而很可能到了晚上就没有一点希望再找回家。她们怎么还敢出去买东西？这些事情要是花费一两小时，你就完了。虽然，她们是有和我不一样的动机回到同一个地方去，而且可能在钥匙上还有一个地址标签。然而这不是很冒险吗——丢了带地址标签的钥匙，人不就无家可归了吗？

我无法摆脱一种非理性的受威胁的感觉，感觉这威胁就来自这些无意义的钥匙堆。其中一把钥匙比我自己更知道我的底细。

人只要问问自己，在没法给"家"这个概念一个确定地址的时候，怎么会有可能每个早晨都能找到上班的地方？合乎情理的是，我应该在不同办公室和政府部门中转悠，或者说，为什么不是站在一个柜台后面或者一台车床旁边上班呢？这只右手是一只极为平常的手：大拇指外关节，几乎完整的食指，一个自由转动的小指指甲，此外手背上的皮肤、甚至一两个皮肤斑和细毛也是很实实在在的。这只手正常得几乎让人恼火，没有任何特别标记，可能保养得相当好，但是完全可以想像这手可能是在一个仓库、一个收款机旁或一个车间里工作。

但是我有这封信——我没有向你提到过吗？——这封信关系到我的管理能力。是什么管理署署长或者可能是内阁成员写的——是的，我不记得他叫什么名字，但是签名的最后两个字是"格仁"，用一种刚健的男性笔迹划过信纸下方——给我的任务是"建立"什么机构，肯定也是一个政府部门。换句话说，我是处在官僚生涯的一个非常紧张压力很大的阶段，同时承受双重的压力，既要负责一项扩大的调查工作，又要承担建立一个官僚机构的任务，因为我不知道具体工作是做什么，自然使任务更艰巨了。

现在你大概会反驳我，说我现在就算不在一个内阁部门，但不管怎么说还是能在错误的政府机构里找到位置。这个地址完全可能像晚上要去的什么地方一样随意偶然。我只能这么答复你：我的身体知道道路。在我的四肢和感官里有一种记忆，是我思想和说话时不能随意支配的。但我的身体还能记得。当然它可能会搞错，把近期记忆和根深蒂固的习惯混淆起来，把我带到我本来已经离开的工作位置。但是，它最终是无关紧要的。可能是因为我在那些层层叠叠的管理机构中调来调去，就好像我在那些叫作

"家"的地方之间转来转去。但是我从这个地方调到那个地方的时候都会带上我的组织才能，这种能力是像游泳技巧一样，那是带在身上的本事——人一掉进水里这本事就会自然发挥起来了。一般来说，在我还陌生的办公桌上的那些等待着处理的文件，我都能处理而毫无困难。大概本来就是在另一个完全不同的地方我得到这个建立一个部门的任务。大概这就能解释我为什么不能详细说明这个单位的任务——我刚才说的不就是这些吗？

相反，我当然可以在这个有可能从来没试过的新工作地点毫无困难地直接进入具体工作。比如说这份发言稿，放在办公桌上等待着我处理。我对此毫无记忆，但是我能立刻投入这件事情，写出一个有关的后续文件。我有自己的一般工作能力，我可以说是这个办公桌让我对找回昨天的记忆得到帮助和支持。

这个发言稿提到的问题是所有事情中最要紧的。我和那个打字打出第一页 A4 纸的人意见完全相同，还有不少修改和大致的观点。它明显地再次提出压缩开支的要求，强迫我们把生存形式一个接一个地放弃，事实上是要保护官僚体制。这体制其实就是针对所有员工，这些人力必须储藏过冬、等待春暖花开的更好时机再利用。要是在这方面也开始削减，我们日常生活的各个部分都会被剥夺掉所有理性、所有合理性。那样造成的损失将是不可修复的，或者说，至少用我们这个时代的标准来看，处理起来是非常费钱和繁缛费时的。看来我们的媒体特别难以理解这一点。那里的人相信，我们既能保持具体工作，又能砍掉领导功能。其结果就成为一只公鸡，四处乱跑几秒钟，然后就被砍掉了鸡头，摇摇摆摆晃晃悠悠，最后倒下死去。

我的任务是建立一个新的部门，在这么拮据的经济状况下肯定是特别困难的。同时，我又相信，这个部门是那样一种单位——显然有某些控制功能——需要它来处理极端情况。我要尽最大努力为这项具体工作保留下那些必要的员工，我个人自然也会把全部精力投入在有批评性的、可能也有自我批评性的调查中，这是我的任务此刻也已经清楚表明的。我相信，这个项目是有重大意义的，使我们有可能重新把握现实。

但是这种淫乱的生存状态中包含着不同的谜语。就我所能理解的，我是那个唯一的人，在晚上回"家"，回到那个女人和那些孩子身边——或者只回到那个女人身边，而孩子们因为什么原因而到了画面之外，或者是没有出生过，或者是跟学校出去旅行了，或者是随便什么类似情况，而在所有这一切的后面，我自始至终都在寻找一个特别的女人。怎么会不是另外一个女人——或另外几个女人——也落到这个相同的地址？也就只有我在那里呀。或者说我搞错了？是不是在昏暗不明的光线里我旁边还有另一个人，某个被我从桌子旁边或者从床上挤开的人，而我记不得了，或者是我自己被挤开了，却没留下什么记忆，只留下一点模糊不定没有内容的失望？是不是另外一个人气喘吁吁的喘息和我的喘息在卧室里混在一起，那喘息是来自一个激起了情欲的窥淫狂，或者是来自一个痛苦的失恋者？从基本的统计数字来看，情况应该多半如此。我在说起这些的时候，多少能感觉到这些假设的反应。

我有一种感觉，感到我们的生活变成了一种悲剧，没有了任何价值，一种闹剧中的绝望。好像我们上面高高的空间崩溃了，把我们压平在两维空间里，是一种抑郁的阴虱，在地球表面上滑稽的图形里转悠。是一种苦难，在这种苦难中你能想到高尚，但也只是作为讽刺漫画的原版，而我们就是这种漫画中的人物。

从这种感觉出发，重新构建最近的、显然也是很戏剧性的那个晚上，这应该是可能的，也许还能解释一个清晰的无可争辩的细节，就是我脸颊上的橡皮膏，就在右侧颧骨上。我能感到你的目光一直停留在这个地方。就像我刚才说的，这个伤口是一个非常新鲜的伤口，就来自昨晚也不是没有可能的。伤口本身可以表明是我和我的临时太太打架了。当然，从一切可能性来看，我绝对不是一个虐待妇女的人，但是我可能被这个陌生人攻击了，我们只在一两小时里还是很亲近的。它只是不符合我的身体对一种反反复复的爱情的见证，也不符合围绕这房间里的其他人物我能勾画出的那些假设行为给人的熟悉感。更有可能的情况是，那个被挤开的人——或者那些被挤走的人——在我们的亲昵动作重新开始的时候，就对我发起了攻击，还带着不让你得意忘形的喊叫："够啦够啦！"而我们已经滚在了一起，被一拳击退或成功摔倒，还在卧室和浴室里爬来爬去，用鞋楦或衣架互相殴打，翻转了浴室的体重秤，从墙上拉下了洗手盆，然后又爬回到现在肯定是血迹斑斑的床上——最后是仓惶逃跑，可能胸前还紧紧抱着衣服和手提箱。在电梯里忽隐忽现的灯光下，我用发抖的手在手提箱的外夹层里摸索一块橡皮膏，为了给颧骨上的伤口止血，颧骨的伤口是我用一个柔道式动作从床上飞跃出去的时候在地板上擦伤的。这是一个让人咬牙切齿的闹剧，不会让任何人甚至笑上一笑。只有一件事情不对头——睾丸里的微痛说明我在重新尝试亲昵的时候并没有被人打断。而且衬衫还在手提箱里，表明我脱身出来时是很平静的样子。它看上去甚至是带着亲热的感情仔细折叠起来。打架和爱情是并存在一起的，互相矛盾的解释其实都有道理，是啊，双方不能互相分开。

假设我的工作也是这种样子，也包括在这种淫乱的生存状况里，昨天还去上班的政府部门，或者现在随便叫什么机构，今天就能对它完全不忠。这种感觉既是让人心寒的，同时也是让人情欲燃烧热血沸腾的，我对你说起来的时候，自己对此也毫不陌生，这感觉就是在你旁边还有另一个人，是的，就在这间房间里，你旁边还有好几个人，都是气喘吁吁的，呻呻吟吟的，当你在自己的临时太太怀抱里跃起沉下，或者当她弯腰俯向洗手盆的时候，你突然从她后面抱住，给她一个惊奇——这样的体验，在我上班的地方应该是能重新找到的，至少以某种形式。我应该有一种小小的胜利感，当我在办公桌前坐下的时候，能把某人从椅子上挤开，而我比过一会儿后来的那个人强大，能让他无可奈何，只好继续转悠着去找另一张办公桌，或许还要到另一座办公楼里去找。我确实有这种胜利感。现在我不记得，我在一小时前是否挤开了什么人，但是这样的事很可能发生过。在这个办公室里，不是还留下了一些某个内阁官僚或者什么办公室主任默默诅咒骂娘之后呼出的臭氧气息吗？他用三个肢体爬在地板上，寻找自己的眼镜，而同时那第四个肢体还要夹住手提箱，还要去抚摸摔痛了的肩膀，那是因为他从椅子上被挤下去的时候在地板上把肩膀都摔伤了，不是这样吗？这是完全可能的啊。可是摔痛的其实是我自己的肩膀。

不管发生过什么事情，我在这块被我征服的领地里插了一面旗帜——横跨过办公桌上的写字垫板，我涂写上了几个大字：艾力克·克尔维尔。后面我又加了两个字：头衔？我很恼火，在某种讲民主的虚无中，门外的牌子上没有写按照等级排列的职位。现在我就要用其他方式把我和我的职位联系起来。办公室的大小已表明了一个较高的位置。同时，从它的样子、在楼里的位置、还有内部装饰等等，说明我连署长都算不上，更不谈什么国务秘书。要不然就是我以同样的民主的假惺惺讨好人的做法，有意让出属于我特权之内的几个平方米的空间，用作会议室或者收发室或者随便什么大家使用的空间。不过不会是这样的，要是我在那样一种高位，在我这里出出进进的人应该更多，有更密集一点的交通。

唯一与此有矛盾的是我的办公桌。写字垫板是很多年没有换过的了。桌子上的台历也是两年前的老台历，只有一些零星的笔记。拿起放回形针别针的罐子的时候，可以看到下面能披露痕迹的深暗的四边形印记。同时你能看到这张桌子上堆满了杂乱无章的文件，让我感到一种压力，好像我又得坐着又得跑，疲于奔命气都喘不过来。这一份公文，还有这一份，都有非常新近的日期。在这下面，肯定还有半新半旧的文件，没有回复的信件等等，但是我的办公桌无论如何带有当下正在使用的明显特点——还有效率。我自己感觉到，我处在一种活泼有力的生存状态中。就是在绝望之中，我也精力充沛，或者说，更要求自己精力充沛，和那些多年没有人碰过的窗帘正好鲜明对比，和那棵枯萎的橡皮树正好鲜明对比，和书架上那些胡乱堆放有些损坏的文件夹正好鲜明对比。我真的搞不明白这间办公室为什么会是这种样子。既是很有效率的，同时又像童话中的睡美人沉睡不醒，这是不对头的。这里有一切迹象表明，有人努力工作做出重大贡献。我必须搞清楚的就是到底有什么信件确实从这间办公室送出去。

你还得多多包涵，为什么在书架前面有这一堆文件。就在你进来之前，我正要从书架上拿下一个文件匣子，匣子里的文件没扎好，就散落到地板上了。我还没来得及把它们收拾起来。看来我也没有什么秘书帮助我做这种实际的事情。文件都是草草收拾到文件匣子里，没有根据分类标签分类，或是打了洞夹起来，就直接塞在文件匣里，只用橡皮筋捆了一下。这证明放的时候很匆忙，而且没人帮忙，证明我总是持续不断来去匆匆，要摆脱持续不断的新文件的狂轰滥炸。我不知道在什么程度上我要对这间办公室的状况负责。这里有一种混杂，既是杂乱无章又是井井有条，也有一种紧张，绷紧在混乱状态和我能认得出的学究气之间，不过，有这种困境的自然不只是我一个人。也不是我一个人，总是喘息着对付一切工作，还不断地说：来不及啊，来不及啊……这种有增无减的混乱看上去是一种迹象，说明会有一天那个大混沌会把我们全都抓住。对

31

建立秩序的种种努力，那些要把一切都堆放得齐整划一的可怜尝试，还有整理得井井有条的文件匣，都是对这种混乱的唯一的绝望抵抗。

我真的不知道，这种有点结构化的混乱是不是我一手造成的，但很可能是这样。在我的服饰外表里也存在着同样的紧张。我注意到我时不时地把手伸到衬衫领子和领带上，为了检查领带的结是否打在了一个领角外面，还用手指拉过头发，为了搞明白发束是否滑了下来。必须记着在出门之前一定要照照镜子，可自然总是忘记了。这是为了抵抗崩溃而进行的持续不断的斗争。

我谈到了没有轮廓的"家"，谈到从这一天到下一天都可能变换的工作地点，但是我一直想着的，还请你帮助朝这个方向去考虑的，是她的面容，她的动作，她说话快速的样子。我能听得很清楚，就像能听见一般噪音中清晰的沉默。如果是她从走廊里走过来，我能立即感觉到和辨认出她的脚步声。那和其他人的脚步声是绝不会一样的。在我的语词下面持续不断驱动着的不确定的情欲，也有确定的方向，朝向确定的皮肤，确定的腿，它……算了，不说了，和你没有关系！于是就有了低声的笑声，不是干笑是湿笑；我等着的就是这个。我也相信，就在所有奇妙幻想和所有的淫乱之中，我其实还是一个非常讲究一夫一妻制的人。自始至终我都把我的感觉固定在这个女人身上，这个我失落在幽暗光线里的女人。我在变色龙一样的地址里苦苦寻找的，始终就是这同一个女人。我甚至相信，我能描述她的样子，不是说我还能记得她的样子，而是我的感官能思念出她的样子。只是我得把这种描述留给我自己。当我尝试呼唤出她的声音的时候，我听见的是各种嘈杂的声音，当我尝试看清的面容的时候，出现在我面前的是一群面容。我真搞不明白。好像我越是尝试把事情搞得很精确，记忆的图像反而就越困惑不清。在任何情况下，我都不敢冒险说出一个名字。字母 L 是确定无疑的，能开辟一条继续前进的路，但是我必须把所有的猜测都留给我自己。

相对来说，我倒完全可以说出那皮肤明亮的光泽，还有那一对相当小巧的乳房的样子，从上往下贴近着我的面孔。我也确切知道她的头发朝我垂下的样子，搔弄得我的这片脸颊发痒。但是我不敢断定头发的颜色，甚至不敢说头发是深色还是浅色的。那是对精确性提出无谓的要求，而我会失去感觉。相反，我能看到她的肚脐，还有肚脐周围那圈拱形的皮肤，淡色的，发光的。而我感觉到这个房间因为我的突然眩晕而摇晃起来。

我知道你在想什么——你以为我只是用一个梦想到的

女人的形式，把自己的欲望投射出来。但是我知道，并非如此。我是用更加确定的方式来思念她。我在一系列的方面根据她的特点做了自我调整。比如说，我戒了烟，烟的诱惑力显然是够大的，但我还是戒掉了，明显就是因为她受不了烟味。每次我开始用手指在桌面上像敲鼓一样敲打的时候，我也抑制我自己——肯定是因为这让她不高兴。我甚至听到她说，"求你啦，别敲啦。"但她说话声的音色是不确定的。一种这样的自我调整，在任何情况下，都不是你能为一个幻想出来的人物做得到的。那个我不敢给名字的人是存在的，在失忆中的某个地方。我一定要重新找到她。

我注意到我又开始说"失忆"了。可能是我在寻找对这种现象的贬义的命名时，我捕捉到了这个词。在这个术语中也有些贬低其严重性的味道，好像就是我在个人意识中刚刚失去对什么事情的把握，但能很容易通过对记忆的一点外部支持而恢复，或者通过能带动临时放置的记忆图像的一种联想而把它找回来。这种现象中更加致命的，或许也是更有决定性的，都会完全消失。相对而言，"健忘症"这个词是足够捉摸不定的，它能包容不同的内涵。此外，这个词还有科学的音调，给予这样的判断带来一点医疗诊断的特点。我也不能不联想到和健忘症非常相近的词

"大赦"。用于失忆的这个正确名称，它要说明的不仅是在这种损失中无可奈何的状态，而且通过一种声音非常相似的词来原谅你，大大原谅我们可能做过的但最好是能忘掉的事情。

所谓外部的近期记忆，首先自然是这本日历簿，这个小小的黑本子，上面的"执行长官"几个字还是烫金的字体。台历我自然是不敢相信的。谁知道我明天会有哪个办公桌呢？让人困惑的是，日期最近的这本黑色日历簿是从眼下这个日子，即十一月二十四日之前的一两个星期才开始的。现在这个星期里应该包括至少一两次会议，但所有的记录不过一个有关星期三的会议的笔记。会议地点我疏忽了，没有写，那可能是我记录这次会议信息的时候，会议地点不言自明，所以我没写，但是它已经不再是不言自明的了。而这个日历簿是从十一月才开始记录的，当然有它越来越明白自然不过的解释。我已经犯下了绝对该死的死罪：曾把旧日历簿从手提箱里取出，把它从身边拿开，放到某一个我那些临时的家中。所以我不得不从头重新开始用一个新的日历簿。在那个旧日历簿里，肯定能找到有关我这星期工作责任的一系列笔记，而现在这个星期又会因为我的一系列失职而让我备受屈辱。

但是，那个比较重要的记忆，那个我持续不断努力恢复的记忆，而且我还希望能由此显示一条通到 L 的道路——自然是我负责的调查，这项任务现在完全蒙上了阴影。它占据了我的生活，又一而再、再而三地改变着它的轮廓，以及 L 回避人的面目的感情色彩。正如你可能已经注意到的，要精确地搞清楚这项调查的内容，我只有一点困难。很明显，这一切和健忘症是大有关系的。在装有规定的信封上，我涂写上了"历史"这个词——加有引号；这明显是引用某内阁大员对这项工作的指示说明。这个几乎已经过时的词用决定性的方式切入了我的任务中，而没有因此使得它在轮廓上更加清晰。

我要尝试说清楚，我掌握了多少情况，但是首先我必须就这种奇怪的负疚感说几句，这种感觉此刻就在我们的谈话中浮动，它与失忆有一种确定的关联但又不太清晰。我也必须尝试搞明白，它是不是一种自由地流动的感觉，乐于和这无名的状况产生关联，或者有一种真实的、在我看来也是合情合理地受到限制的关联。也许它更具有一种在这种状态下施加惩罚的无情的特点，这种状况以一种倒退的但也是强迫人的逻辑，让人产生出负疚感。

因为有一件事情是很清楚的。如果因为在这场无形灾难中的某种参与，我得到了理性的惩罚，那么就是我的视野中失去了 L。没有什么比这种惩罚更让我受折磨，什么五马分尸，什么隔离牢房，都不会让我更痛苦。

对这种不确定的在四周流动的负疚感，最自然的解释是所有那些临时的关系，这些关系基本上是一系列长无尽头的背叛，背叛那个唯一的我询问下落的人。但是，如果不通过这些持续不断地去亲近人的新尝试，不断重新摸索一个从我的视点中滑出去的地址，我又怎么有希望再找到她呢？很清楚，我尝试着推理出头绪——很可能没有把最近这些日子用于其他事情。但是我必须试验：这不正是在陶醉之中吗，当这个临时的女人的面容在销魂状态中散开的时候，我只希望能从所有这些女人的面容中认出那个我寻找的面容。在房间里自然总有一盏灯点亮着，这样我们互相进入的时候，能追随对方动作中的肌肉活动，既是越来越身心舒散，同时又越来越绝望地清醒。两个人其实都是在寻找某些失去的东西。

就像一声悲哀的狼嗥，让我的心中升起一个念头：L不是正用同样方式通过其他男人在寻找我吗，一个夜晚接着一个夜晚朝着一个总是新换的男人弯曲着自己的身体，紧贴在他身边，在那总是点亮的灯光里把眼神固定在他的脸上。

这念头让我窒息。但是它还有一个孪生的念头，而且更加糟糕：她其实根本不是在寻找我，她想逃避我，通过其他男人而摆脱我，通过一个又一个男人把我甩开，用一声并不记得我的名字的叫喊，而且带着一种轻松感，因为我不存在了。

译注：

　　"健忘症"原文是 amnesi，而"大赦"原文是 amnesti，只差一个字母。

自相矛盾的是在增长的健忘症之中语言看来却是完好无损的，这语言其实不过是一种记忆网络而已。合理地看，我的谈话本应该会四处流传，应该在因为缺少支点而几乎无法理解的稀疏词语中去寻找。而相反的是，成排成行的词语却准备就绪，愿意到位服务，而语法已经把一切都安排得井井有条，好像用于招待客人的宴会或者是用于谈判。对此我真不理解。看来这里甚至应该有些公开性，而你却没用什么方式做出什么事，值得你得到这种公开性。好像是单独的词已准备燃烧起来，通过和某些失去的东西的一种关系而充好能量，它们已经准备好，要从其他词汇中闪电一样迅速地把自己分出来，就好像是它们要做些能被人看到的事情。或者在准备之中的不是什么公开性，而是迷惑人的幻影？我现在还不知道。不过，语言带有些让人感到恐惧的东西，它和我学会处理的那些碎片一样的现实是不符合的。那好像是说，这语言一方面被一切我知道的事宣布无效，另一方面又被我不知道的什么事情恢复了充分的名誉。怎么可能同一件事物能既存在而又不存在呢？

从某种观点来看，自然是你给了我说话能力。是你，给我提供了可能性，能在思维的道路上有所进展。要是没有你，我就没有了方向。词语不知道朝哪个方向前进，就只会停留在我的嘴里，让我窒息。各种思想就在空中停止不动，只发出噼噼啪啪的声响或嗡嗡的声响。要是没有你，我就成了一篇没人读的文本，一行没有力量的字，也无处可去。当我的某张照片发出淡光，在无言中发送出它的意义，那是因为你和我一起在看着它。

但这还不是全部的真实。还有一种在我们两人之外的语言，一个不为人知的系统，本来它是会崩溃的，但是在你的帮助下我能够顺利通过而没有遇到什么麻烦。不过，虽然没有麻烦，但是有不祥之兆。这些完整的，几乎完整的思想后果，每个词里显然存在的这些记忆——它给我一种陷阱的感觉，我正一步一步地跨入这个陷阱。

这个陷阱的，或者说这个可能的陷阱的性质，我自然没有把握住。不过至少有一点是很清楚的，就是说这种语言能把我们引诱出来，引诱到推理和立场确定之中，而这和任何经验都不相应。在办公桌的写字垫板上有张还比较新的剪报，标题是"官僚机制陷入危机"。有什么人——这不是我的笔迹——把"危机"这个词用笔圈了起来，还加了评注："和什么比较而言？"对于媒体来说，抓住这样戏剧化的表述方式，自然是轻而易举的事情。这样的表述能吸引读者的眼球，就如它们曾经也吸引过作者的手，同时它们是悬挂在空中的，并没有特别指向报纸边缘之外的什么事情。没有了过去，你就无法用一种意义充分的方式来利用"危机"这个词。这记者在虚张声势。或者是他真看到了我看不到的东西？

我自己此时此刻正在经历一场"危机"吗？我完全缺少支点，只有那种在词语之间流动也是在词语内部流动的绝望，我的各种联系交际全都在发烧，这些问题本身能对应这样的一种危机表述。但是，我又怎么能知道，这个危机状态其实是针对昨天，针对上个月，或者针对去年而勾勒出来的状态？我可能受了什么诱惑，要把本来确定的状况重新命名为"危机"，其实是为了能够应付它，为了给自己什么希望，希望这是我自己会抽身摆脱的状况。但是，设想我本来就陷入了一片沼泽中，每次尝试伸手摆腿把自己解脱出来的，反而只会更加困窘，只会在这个咕咕嘟嘟冒气泡的绝望泥淖中陷得越来越深。

别误解我。我不是来诉苦求情的。我要断言的是，语言在一个巨大外部记忆中是很有勾摄人的力量的，它能把我们引诱出来，引入到对什么事的描述说明中，而它和我们实际知道的事毫不相应。我们一直受到诱惑，一直要说话，好像我们有一个背景，受骗上当去使用一种语言，其中充满对那些不可挽回地失去了的东西的参考。我要反对的首先不是这种措辞中的吹牛味道。更加危险的是，如果人们还上当，想把自己实际上看到的那一点点东西用这词语做精确表述，而这些词语朝不同方向浮动散开，驱散了人在瞬间中还能在可触及的范围内拥有的东西。无论如何我至少能指出语言中有这么多的危险性。但是我有一种非常不舒服的感觉，感到这个陷阱比例很大，远远超出你的想象。好像我被引诱到了一出戏剧中，在这出戏剧里，我为了让自己自由而做的尝试，反而把我纠缠得越来越紧，是我自己让我吃官司，受到一场审判，而自己却没有预见到这种情形。

有些东西我首先要保护，免遭过于急躁而且危险的要求过分的措辞的破坏，这就是那些小而珍贵的残剩物品，我能用它们来揭示 L 和她在我的生活中的位置，是那些**"我们在一起的生活"**留下的虽已黯淡但是还闪烁微光的碎片。我只有一种不舒服的感觉，感到我已经说得太多，而失去了一些我认为自己知道的事情。我很害怕，我一直在失去对她的把握，一段一段一点一点地失去着。而且我还是不知道，这是因为我自己表达得越来越含含糊糊模棱两可，还是因为我追求一种在原则上其实不可能的精确性——或者甚至是因为一般来说我总是尝试在词语中捕捉我寻找的东西。我刚才也告诉你了，我的感官记住了她的头发垂下的样子。我是应该记得住的，我非常肯定，我刚才还知道这一点。但是我无法精确。我撒了谎，或者说，不管怎样，我的词语现在已经变成了谎言——我对这块脸皮真的不再有什么感觉了。

这块白色在我们谈话的时候正扩散开来，即使那是非常缓慢地发生的，所以用肉眼几乎看不出它的扩散。但是我一直让我的右手背在观察之下，也就是我正说到的这块手背，V形的，稍微突起，带有一种瓦片的光泽。在边缘上，就在那块拉长的皮肤色斑之外，在我们开始说话时曾有两根小小而光亮的短毛。现在就只有一根了。海岸线变得狭窄了，而且不间断地无情地变得越来越狭窄了。你别以为我做这种观察是在一种精神病似的沉湎自我的臆想症里。我只是愿意把我们两人都知道的事具体化，但是用一点抽象的方式——是说在我们这次谈话中，我们的立足

43

点如何变得越来越狭窄了。我们不能失去时间。一次谈话必须仔细平衡它的真实性和长度。冗长的叙述交代会自行失效。

　　因此我必须问我自己，我们是否还有时间来检查这张照片。第一眼看到的时候，这是一份独一无二非常重要的个人文件，而且是为数不多的近几年的文件之一。这是一张集体照，我和L两人看来都在里面。照片反面最先是朝上的，有一条说明，提到"亲属的作家"—— 这一点我以后还会说到——它为解释照片提供了一个出发点：这是一张亲属聚会的照片。这可能是我拥有的所有证据中最清楚的一件，照片本身就拍得异乎寻常地清晰。但是，我也很担心，这张照片同时也是我拥有的材料里最能误导人的而且一般来说靠不住的文件。我就是找不到这两方面之间的关联。但是，你也许能在照片里看到我看不到的东西。我的意思是说：在你跟我一起看的时候，也许我能突然发现照片里的什么东西，让里面的什么东西在本来忽隐忽现闪烁不定的状态中一下子透明起来。

　　这张照片上展现的，是一些对我来说完全陌生的人，聚集在明亮的树冠之下，一家可能是乡村旅店的前面，不管怎么看这也是一座老房子，这种房子在我们的时代对于一个私人来说肯定是会有很多麻烦事的很难维持的。照片上挤了不少人，而且好像人人都是靠那种遗传的力量挤进自己的位置的。他们显然都尝试着摆出同样的面部表情。而在所有这些人头顶上还有一群苍蝇构成的阴云：那是死者的想法，它们还愿意搅入活着的人的想法中间，为了使得它们可以让人理解。

这里站着的是我，在后排——或者更准确的说：这里站着可能就是我的那个人，在他太阳穴部位还有人用铅笔打了个叉。你可能在我的面容和这个打叉的人的面容之间看不到什么相似点。瞧，面容不是已经说明很多了吗。我显然只能在面容的一两点小地方来证明，鼻子的某个部分和上颚，当然还有一只眼睛，还有带了几缕头发的一点额骨。太阳穴几乎看不见，只有非常少的一点颞颥。最根本的是我的头骨开放着，我愿意说是职业性的开放，所以每个人都能看到我的思想，能够确信我的诚实。但是如果你瞧这个鼻梁，它的伸展，耳朵的角度——对了，我还忘记说了，我还有一只耳朵呢，这自然是很重要的——而眼睛的位置，相当深陷的眼窝，还有几乎刺痛人的眼神，会突然变得犹疑不定，深不见底，是啊，这下你就能看出我这个面孔和照片上很相像了吧。

相像——但是并不完全一样。因为在照片反面，你刚才已经听我说的，在像是一个叉号后面还有几个字："亲属的作家"。这个摄影者在尝试偷袭"现实"的时候，成功地把一种不会实现的可能性当作文献记录下来了。你看得最清楚的是这个人的姿态。这里有一种分离性，或者更正确地说：一种不确定性，表现在一个一直想跳出其忠实性的人身上，而本来人们是有权期待他忠实的。好像他总是不停地要尝试下一步，说下一个词，人家送他的马，他还要当着人家的面去查看马的牙口。他是个双胞胎，在某个决定性的关头，又缺乏责任感。他根本不听话！你看到吗——他根本不顺从这个模式。反过来说，在他旁边的那个明亮空间，那个很多人惊讶地盯着看的地方，那是我的位置。我是他们等待的人。我不要让他们失望。

不对，要不是那个遗传基因密码里显微镜的不确定性导致了五十公分的错误，造就了我，我本来是会成为那个照片上的人。我过去的生活中曾经有过道路的选择，而我成功地用文件把它记录了下来，在一个十字路口我选择了另一个方向，而不是这照片期待我选择的方向。我是从这两份文件知道这点，它们已经陈旧起泡，还带有一个回形针留下的锈迹——可以看出它们和这张照片曾经是用回形针夹在一起的。一份文件是著作列表，标题是"1951年夏"。所列主要项目看来是一个文件盒，里面有一部诗体交响乐的手稿。还有个标题包括这些词："没有人要和我的命运捆绑在一起。"真难为情。再有一部已开始创作的史诗是写卡尔十二世时代的，以及更多同样风格的作品。在所有这些登录作品名称下面又写着："烧毁于 1951 年 9 月 13 日。"另一份文件是一张从布告栏上撕下来的有关某文学通史课程的通告，课程开始正好是 1951 年 9 月。通告最上面写着"诱惑"，是我的笔迹。这句话的上下文看来非常清楚。在这个时间点，我必定认真考虑过了，要跳出法学课程，狂热投入到我的文学创作中去。看来我甚至敢于在我的另类生活中走入一大步。在课程通告上还有一两本阅读书目，其中之一——《俄狄浦斯王》——在边上还打了一个勾。但是我内心最深的兴趣在此有了突破；在这个书名之后我还写了"多妙的审判程序！"而我及时地抑制了我自己的欲望，点燃了一把火，把我很可能极有少年气息的文学产品付诸一炬。过了这个时间点，就再没有任何东西能说明我在这条路上还有什么雄心壮志了。我明白这是为什么。当我看这份著作列表的时候，我的脸上和耳朵就开始发烧，有一种惭愧羞耻感，一种难为情，而更奇怪的是这种感觉有一特殊的出处。要是保安人员知道我还写诗歌，可能还会通过某些不幸的机会拿到的某些诗句来嘲笑一番，他会来对我说："真没想到，我们的头头里还有一个诗人呢"——是啊，那时候我会发现我在这里的地位不那么靠得住了。行了，别误解我。这不是有关我私人生活中的脆弱敏感的一面，或者是类似的问题。我其实是很开放的人。这个问题关系到我的工作和那种无意的轻浮之间的一个决定性区别，而艺术最终不过就是这种轻浮。我希望我以后会再回到这个话题上来。

尽管我放弃了我的文学计划，看来我还是保留对文学的兴趣，也许还培养了相当高的文学品位。我可以从这张放大的照片上看出这一点，照片拍的就是藏书丰富的书架。你能看到，照片是在一个信封里，和一张石版画的幻灯片放在一起的。这些照片估计是在去国外旅行之前拍的，那个时候我还敢出远门，在家里有撬窃和破坏事件发生的时候，可以有贵重物品退赔保险。书籍的照片我显然已经用一个高倍放大镜详细审察过了，因为在照片的边上，我记录下了某些破译出来的书名，作者姓名，如卡夫卡、贝克特、艾克洛夫和克莱斯特等等。但是我不记得阅读的是什么内容了，这些名字对我也不再能说明什么了。我怀疑他们和我现在的情况还会有什么关系。通常情况下，我不再看书读书，无论如何不能再以那种方式阅读。我只能集中注意力看几页就不行了。然后我就失去了线索，必须重看书叫什么名字，才能知道自己读的是小说还是别的什么。文学当然还没有完全失去其吸引力。我依然感觉到一种诱惑，不时去翻看一本书，享受几行文字，甚至看一两页，直到失去对上下文的理解为止。我以为，在这种意义上文学在我们的社会里还是有点作用的。

我担心，面对这张照片，我真的有点过分饶舌了。我要说明的是那个女人，站在一个并非我的人旁边。她是谁呢？一头很有意味的披肩卷发，裹着一张漂亮脸蛋。一点开心的微笑，没有对照相机摆弄姿势，相反，还保持着一点距离，有点矜持，不，正确的词应该说是高贵。精力充沛，同时又有点文弱：一个职业女性，面对星期六不得不做的清洁工作、一堆脏衣服和不够透明的窗户不免有点着急。在面如樱花的面容中有一点严肃的样子，一点紧张的完美主义。我的心在一瞬间停止了跳动。

但是，难道她不是我能够担当的那个男人的妻子？难道她是个完全无关联的人？我自然是认不出她来了，但是这也不能说明任何问题。我真正找到 L 的这一天，肯定要通过很耐心仔细的辨认，我们才能认出对方来。但是照片上的这个女人，也显示不出和我自己理解的我的身份有什么逻辑关系。

当我占用我们本已很少的时间检视这张照片的时候，是希望你的眼睛能够为这件事情多看出点什么。我相信，它们确实也做到了。在你的沉默中有一个问题，几乎在你嘴边上我都能听到了："为什么那些最清楚的文件，也是最背叛的？"是不是这样：这些要把事情搞精确的尝试本身就增加了不确定性，删除掉了意义？我实在不敢再面对这个问题了。如果我把你的疑问置于旁边，就算只是一点时间，也得请你原谅我。我拥有的材料已经够脆弱的了。对我来说，在这个赌局上我押宝已经押得太多了。我对你提出的眼前这个很令人讨厌的可能性是很清楚的，但是暂时我还是得这么推理，好像在这忽隐忽现的混乱之中，我只能先锁定一两点。

你的沉默中还有一个问题——关于道路的选择我到底知道什么？这个小小的个人调查是我愿意付出代价的，它的目的的一部分就是为了把我从这张所谓亲属照片上的我的那位靠不住的孪生兄弟那里解放出来。但是我与这个想象人物的距离——到底有多可靠呢？可能是那样的吧，在一个道路选择的当口，我其实没有成功排除掉那另外一条可能的路，而是以某种方式还是同时踏上了两条道路。这就使得我在这个审查过程中处于明显更加危险的境地。这次调查能够对我本人投上一道很不愉快的光。但是这种反对意见其实是你的，而我有充分权利来反驳它。就目前来说，我必须坚持这样的充分可能性：既有可能选择，又有可能使我的选择做到精确。

但是，为了保险起见，我必须请求你，不要过于固执地咬住我的外表和我的谈话中的细节。那会制造出一种围绕我的让人晕头转向的不确定感，也许在某种程度上减少了我们的活动中的精确性。你采取一种旁观的态度，就会好多了。是的，我想到的或许特别是你那种看人的样子，你的眼神总是追随我头顶这块巨大橡皮膏。这自然是一种令人注目的细节，但是你得知足，不要深究，你就让原因隐蔽不明吧，每次你想尝试知道，还坚持不懈，反而会损害这个问题上以后能获得的全部信息。此外，这是一件皮毛小事，一个几乎已经愈合的伤，也许已经是一两个星期的老伤了。如果这不管怎么说还是指出了什么问题，那么最有可能的是我遭到突然袭击和抢劫。根据全部的可能性来看，我就是在这种情况下失去了手提箱，被迫重新开始搜集那些还在我掌握中的剩下的材料。这个手提箱也是比较新的，可能是在那种情况买的。我甚至可以确定这次被抢事件的具体时间。你看这个新的日历簿，是三个星期之前开始使用的，而前面的月份都是空空的没有什么记录的，它能很清楚地说明这个问题。我有理由相信，我就是在被殴打抢劫时丢失了L的照片，那些照片本来肯定是我作为所有东西中最珍贵的东西保存的。显然，我随身带的这个奇怪的铁管子也是和这件事情相关的。它肯定是把我打倒在地的那件凶器，我一直带着它，为了在报警的时候把它作为物证交给警察。我当然没有留下这类报警报告的任何副本。要理解这是为什么也是件容易的事情。我犹豫退缩了，想去又没去派出所，那样我也许不得不说明手提箱里的调查材料是怎么回事情。我的调查形式上是合法的，但是我不能肯定，警察从他们的立场出发是否也会这么判断。

我被殴打这件事，就像你能明白的，是有强烈的假设性质的，是重新构想发生了什么事情，但我们可不能坚持事情就是这样。我敢百分之百地保证的唯一一点，就是我不情愿让警察机关也知道我的调查。很有可能，整个事件的故事其实都从我这种感觉中生发出来的。

但是，这次调查有什么错误呢？在这个问题上我和你一样有疑问，因为我不断失去我的见解，尽管我反复努力争取这种眼力。我还听到一个随之而来的问题，像微弱的回声——我对 L 的追寻有什么错误呢？

　　第一个很麻烦的不清楚的地方，就是不清楚整个活动搞了多少年了。我有一份小文件，能把这个问题摆到我们眼前。刚才当我对你说字母 L 是确定无疑的时候，我还触摸到了它。有关的文档也能证明。我只是停顿了一下——在我刚才触摸到它的片刻，它让我的手颤抖起来。就是这个明信片，是我的笔迹，而且还盖过了邮戳。也就是说，它寄出过——可它还是在我自己手里。这本身可以意味着我们在发脾气的时候会把信件退回对方，但更可能的是我们曾经有过一个共同的家。对了，那张账单就说明了这点。在她莫名其妙地消失之后，明信片就留在我这里了。在明信片上该写地址的那一半，在应该写名字的地方，有一个字母 L，其他都涂没了，地址也只剩下了一点："……街 14 号"和"……哥尔摩"。写的内容语调明显是一般朋友的，而不是很亲昵带男女之情的。这张明信片一定是在床的账单之前。它当然没有写日期，但是邮戳能够隐隐约约让人看到是 1972 年。明信片正面照片是典型的斯德哥尔摩风景主题，有市政厅和克拉拉教堂的一部分，钟楼或教堂尖顶的断片漂浮在好像一面面旗帜的蓝天之中，底下是表示海湾的部分。在这一面没什么问题会让人感到不安。而写信的那一面，在日常的寒暄之后，有几个词让我看了发愣："但是我在写鉴定报告。我比这里其他任何人都更善于在报告里念咒变戏法弄出混乱来。"要是孤立起来看，这几行字没什么意义。但是，如果我把这张明信片放在我正在做的调查工作的那些笔记和文件旁边——有一部分纸张上的文字几乎完全褪色变白了，还有几张因为反复浸水和晒干而起泡了，它们旁边还有那些规定的残剩文件，折叠起来的或者是折叠过又打开的，有污迹的，变得有点粗糙的，日期也没了的，它们上面的文字也有部分褪色看不清了——那时我就突然想到，这里所提到的鉴定报告可能就是同一个项目——而我从十五年

54

前开始一直到现在就坐在这里写什么报告，却从来没有什么人来过问，而且可能从来也不会写好写完，或者也**不能**写完。

同时在明信片里还有一段，表示我和L在那个时候的关系，继续写到："随着手提箱里那些希望的碎片不断增长，我每天晚上都朝那个叫做家的方向溜出去。"最后那几个词让我困惑。早在七十年代初，调查过程已经到了如此地步，以至于"家"的概念都暧昧可疑了。但这并不是可以完全肯定的。在这种说法里，有点请愿求诉的味道，让人联想到没有她的时候我过的空虚生活，同时又有希望在增长，我有理由相信，它和我痴心妄想憧憬着的共同生活有关系。

但是在那个时间点上，还有可能对这个调查过程做点什么事情，至少是找出更清楚的材料。天哪，那也差不多就是开出这张账单的相同时间啊，而在我看来账单是从另一个时代找出来的。在那个时候，人肯定是带着焦急的心情等待这项调查的结果。所以，那时人应该还来得及看到这种情况的严重性，同时呢，健忘症还未来得及抹掉所有让人警惕的经验，抹掉人对所有关系、所有支点和撤退路径的全面的概览。

让人不可理解的是，如此重要的问题，是啊，也是如此中心的问题，居然只委托给一个人去调查。这种情况本来应该足以有理由建立一个专家委员会，有非常紧凑的时间表。而且另一方面来看，在一个这样的工作委员会里，我能够称职地当一个书记。

不过，假设事情就是这样的，那么会发生什么事呢？在工作了一段时间之后，专家委员会成员会一个接一个地开始忘记来开会，或者找错了开会地点，或者甚至到了错误的城市。我跟你谈起这件事的时候，都有一种强烈的焦急感，好像你刚明白自己错过了一个重要会议，你在走廊里团团转到处乱闯，想重新搞明白会议是在什么时间什么地点，你急得满头大汗，衬衫湿得粘在脊背上。这种焦急感鲜明清晰，就和同样新鲜而不可思议的记忆图画一样，它是由你努力抑制的那种困惑释放出来的，那时你正好偶然进入了一个会议室，坐下来听人一个接一个发言，想试图搞清楚这个会场此刻到底在谈些什么，当然那是不会成功的，你搞不清楚。然后你偷偷摸摸四处窥伺，试图确定那些空虚的面孔上有多少人是包藏着同样的经验，但又不敢说出一个字。或者说，你居然闯进了什么地下室，坐在一个翻倒的大箱子上，盯着输送暖气的水管出神，尝试搞清楚你要往什么地方去，为什么要往那里去。

如果委员会以这种方式解散，我就自己继续这方面的工作，最终会停止想念其他那些人。这项调查刚开始的时候，曾引起人们的浓厚兴趣，在媒体上和政府内阁会议上关注跟踪，而现在越来越落入人们的失忆中。是的，事情的经过应该是这样的。在明信片上这样写着："……在写我的鉴定报告。"**我的鉴定报告**！难道这是粗心的表达，还是我在七十年代初就失去了和其他那些人的联络？想到这项活动的重要意义，那些人本应该是参与的，也是必须参与的。

不管怎么样，我自己继续工作，自己干自己的，但是这样我就面对一个全新的问题。当我完成任务的时候，我就必须说服内阁，让他们相信确实存在这样一项任务，而且——更困难的事情是——让他们相信，这是有关最最重大的事情。人们曾一度作出反应的那种危险，现在已经褪色了，而人们或多或少地也已经适应那些当作自然状态的事情。我这么站出来，甚至有被人当作妄想狂的风险。

我现在这样设想，人们确实把这个审查过程当作一种危险。但我也不能忽视另一个完全不同的可能性——人们对过去的消失已经习以为常，变得平心静气了，没人再把它当回事情，是的，人们甚至很满意那种失忆状态，能摆脱掉所有那些保留下来的记忆图像，所有的过去的要求和限制人的条条框框。可能健忘症对人是一种持续不断的威胁，而你在这件事情上是不知不觉地帮忙促成的，它也像是一个无处不在悬在人头顶上的灾难，也是人们出于这样或那样的政治目的而自找的麻烦。**落得一片白茫茫大地真干净**！人们得到一个新的未来，再没有旧债没有抵押没有典当没有贷款。如果那是有意的，那么人们真是完全打错了算盘。实际发生的情况看来恰恰相反，我们会一而再、再而三地重复地过着过去的生活，自己还不注意到这点。在我面前，我的日历打开着，这你都看见了。你进来的时候，我正要写上一条有关这次调查的建议，但是，在撰写新想法的这一页上，这些新想法本来是必须立即写下来以免忘记的，现在却都是用铅笔胡乱涂掉的涂鸦。而且还不仅如此。之后还添加了几个字："可是你已经在这里写过了。"然后，又用墨水写着："又来了！"要是我敢把这种情况说得普遍一点的话，那么我愿意这么说，我们总是踏在我们自己的脚印上跋涉前行，而自己还不知不觉。

　　此外，我这里还有一些交税收据，可以证明这样的设想是对的。这张税单是时间最近的，显示国家债务清理署的一队追债官员刚到我这里来过。临时性的课税自然应该是就地执行的，特别是考虑到我们的生存流动不定。如果根据追债官员还需要相对来说很沉重的武器配备来判断，那么现场征税是会激起人们某种程度的恼火的吧。但是，不这样的话，在一种人人想逃避什么的生存状态中，我们怎么能应付得了财务方面的问题呢？这时，更加麻烦的是当局会一而再、再而三地执行同样的征税，很明显，他们不记得他们之前已经来过多次了。你能从这些交税收据上看到，同样的税，我就被征收了四次。可能不是别的，正是这种失忆的胃口，促成了那套强大有力的装备。

但是我有些离题了。你感兴趣的就是这次调查。现在也没法搞清楚，在设立这个工作小组的时候，对于健忘症我们有过什么评价。但是，如果是我在这里猜测到的另外那种情况，那么整个调查自然会有很不一样的内容。那就是说目的不是别的，而是搞清楚那种过程，能控制它往所希望的方向走，也许就是为了加快审查过程。

但是，还有一种可能性，而且是更加让人不安的：其实从来不希望有任何报告。也许，因为考虑到问题的严重性，人们设立了一个调查项目，这个项目完全自然地必定被它本来要去调查的力量侵入和压倒，然后崩溃，失去它的工作人员，最后就忘记了它是在做什么。也许，正是因为咄咄逼人的调查，它反而加速了健忘症的传布，加速了自己的崩溃。通过设立一个严肃的调查项目，国家权力就能平息舆论的批评——也是为了让自己对此放心——然后泰然自若地接受后来的结果，因为根据这项调查任务本身的逻辑，它就是进入未知领域的探险，就是说，必然没有下文而销声匿迹。

在这种情况下，你就只冒了最低最少的风险，被迫去当一个知情者。无论如何，知情本身就是不必要的。正在增长的这种混沌状态，或者所谓熵，事实上还真起了作用的熵，不论其出现历史如何，必定是能把不同政治野心转为现实的一种最佳环境，虽然这种野心能够预期到对手的抵抗。如果公民们已经对过去的立法没有了什么记忆，那么，出于自己集团内的临时利益去操纵法律系统，搞一项差不多的立法措施，就会更加容易，而且，没有了记忆，就算媒体有反应的事件，也会在下个星期的民意调查之前就早已被忘记得一干二净。事实上，我想我现在就能听到那些不断有人即兴提出法律更改建议的微弱的聒噪声。它很像是飞机场那些不断改换着的出发航班信息指示牌翻牌的声音，喊喊喳喳。然后呢，人们就可以在匆忙中又制订一项这样那样的法律，而这法律其实早已经制定生效投入实际使用多次了，而这就是另一回事情了。这自然是让健忘症投入服务时的一种代价。

如果在这种情况下，我出于私人的原因，在这项调查正崩溃中的时候，也是我自己都预见到的崩溃中的时候，还要固执己见，那意味着我对国家权力还没有说出的目的充耳不闻，缺少基本的响应，这是一种不可饶恕的不忠，不听命于国家权力，而只听命于我自己的一种狂热，自大到了超过我的责任的程度。这就好像那张亲友照片上我想象出来的孪生兄弟，通过我的头脑发送出一种电波，那电波给人的信息是好奇爱打听，人就靠不住。

但是我又不知道，人家没说出来的那些不同目的，里面哪一个是和这项调查有关系的。有些奇怪，给人的感觉是所有这些目的互相冲突方向不同，却同时都行之有效。

对了，我已经明白了，你不说话，表示你不同意——看在上帝的份上，我为什么没有去查查有关规定里写了些什么条文？你显然没有理解，我几乎一直不断地翻阅这个棕色信封里的纸片，那么努力翻找，以至于纸片几乎都要破碎了，磨损得完全模糊不清了。现在我的调查进入到一个决定性阶段，责任关系随时随地都能搞清楚，这时候，抓紧这项任务也就特别重要。我的野心是要从有关规定里榨取出清晰的信息来，可遗憾的是，我这么做，反而把有关规定的意义降低了，本来就有些像是一团乱麻，现在成了一盘散沙。只有在两点上，这个文本还是完全可读的。一点是说，这项调查应该是"不带前提条件的"，另一点则规定，这个文本"在其上下文中必须省略掉那些和……有关的问题"——之后这个文本就有点糊弄人了，它只是强调，在所指出的那些方面"不应存在什么增加社会性投入的理由"。有关规定中比较清楚的这两点，构成了一把绝对完美的剪刀。一方面，这项工作全部精确的前提都没有了，另一方面，有一系列的问题是不可谈的禁忌，哪些问题却并不清楚。

这些规定真的把我置于瘫痪状态，而内阁大员毫不含糊的训令还是传达到了我，说是："无论使用什么方法，必须重视建立理性而简单实用标准的必要性。"

问题可能首先不在于这个文本里本身的散乱破碎，而是要人去参考一个现成框架，这个框架已经为所用的词语提供了内容。本来平常的明明白白实事求是的句子构造，现在变得奇怪地神秘莫测，不是因为它们的结构，而是因为对各种状况用的典故已经无法区分了。同时，这里还有一两份文件，属于我拥有的最重要的文件。事实上，这是指出我的社会职能的唯一文件。我不是已经告诉过你吗，正是出于这种职能，我能设计一个工具，以便寻找到 L——也就是说，我深信我的调查在某种程度上是和健忘症有关系的。可是，等我睁大眼睛盯着这些可怜的文件看的时候，它们的意义就朝四面八方溜走了。有一两个词——"已决定……"——朝一次会议记录的方向溜去，那是一个美梦，想着无论如何还能执行一个那样的降神仪式，它的内容会很多，而不仅仅在摸索什么，特别是这次聚会可能关系到的事情。还有些其他的词，一半都被抹掉了的词——很可能是法语词"账单"和"服务"——所以给人的印象是国外旅店的账单，这项活动居然要出差到如此遥远的地方，还好像有什么危险，真带有一点令人头晕的杂味。所有这些还不算，在其中一张账单上，价格数目看来是事后有人调整过的。但是，再过一会儿，这份文件又有了颐指气使指挥人的腔调："最为重要的是……"以及"必须谆谆教导……"等等。只一下子，这些规定就又像你料想的那种样子了，都是来自占据权力核心的某个大人物的大词重词。但是这些词的意义立即又溜走了。而词组"没有了……就不能……"恳求着什么人，用的是一种情书式的突然的赤裸裸，好像这个执笔人没了对方就不能呼吸活不下去了。而那个让人一瞥之中看见的图表就坚挺成了一个不可思议的大阳物。不不，其实不过是一种债务陡增的图形呈现而已。而"此责任必须由……承担"这些词又转成了一种控诉，是找理由把责任推到我的头上。这是不讲道理的！看上去就好像一张凌乱潦草的素描——叫做什么"测验"的东西——在这种素描里，你能看到完全不同的东西，这是取决于你正想找什么，或者说，取决于你是从哪个方向来看的？你必须帮我看看啊！

我能在皮肤上感到你的反复多次的沉默疑问：如果我是这个专家委员会的书记，这个委员会最终也解散了，那我有什么资格自说自话执行这些任务？我能感觉到你的疑问，就像一个来访者外套上带来的凉气——你本来就是从外面来的。这里面自然有我们对资格能力的一种工具论的看法。涉及的其实不是**做**什么，而是**如何**做。我们被修剪过，就是为了解决这种问题，这种能力就像条件反射一样保持在你身体里，拿都拿不掉的，而所谓专业知识，不过是健忘症的位置往前移动的时候，能在下一瞬间就立即被删除掉的东西。我们的系统实际上应该是经过很好的调整过的，所以能应付这种外来的入侵。

此外，你忘记了，我——和那些失败告退的专家是不一样的——我还有特别的动力，能对这个没有轮廓的问题正好用得上。也只有在这项调查中借光，我才有希望重新建立起 L 的关系和我的关系。只有借助了我对她的那种饥渴欲望，我才能执行这项官方的任务。这项调查和对 L 的寻找本来就是互相交叉的，互相借助的，是一箭双雕，在同一击之中就有双重的探索。但是，在我的两项计划之间还有一个更深的联系。是我能预料得到的，但是还没有成功地看到。当我谈到 L 的时候，会感觉是在谈一张这项调查的目的图像，而当我提到我的工作任务的时候，会感觉一种思念和欲望的兴奋，种种感觉会下降到我的大腿根部。我不能分辨出这种关联是什么，但是我能直觉地感到它，是的，几乎可以闻到它的味道。它就在嗅觉范围的边缘，有一点甜甜的淡淡的味道，好像是来自一堆腐烂的叶子，里面还有一只早就腐烂了的兔子。

此外，我已经做过一次尝试，将自己放回到我的任务的那些历史前提中去看。在去年的日历簿里我还有这么一个记录，是关于我到市立图书馆去了一次的事情。显然，我没找到历史书籍的书架，就到借书台去请求帮助。日历簿的记录上写着"空空如也的脸"，然后写着："警报按钮？"在服务台后面的女人肯定是弯下身去找什么东西，她做了一个动作，大概是我自己心里有鬼，良心不安，就以为她是给保安部门发一个信号。或者说，她真是去摸什么警报器的按钮了吗？我并没做什么明显违法的事情啊，但她可能把我当成了某个疯了的在逃犯，害怕我会变得凶残。我自己的反应当然是非常清楚的。当我现在看到我那种受惊的潦草笔迹，我就已经感到那种难以克服的条件反射，要拔腿拼命逃跑，逃得越快越好。可能我逃跑时的样子就像是人们把我当成的疯子。不管怎么说，在我的办公桌上或者我的手提箱里，都没有本来要借的现代历史方面的书籍。这个问题依然还是开放没有解答的：存在这样一类文学吗？或者用更正确的说法：这样一类文学在原则上说是有可能的吗？我不知道有什么方式能帮我得到这个问题的解答。

我曾经企图用更谨慎小心的方式，在报刊的分析评论中去找能替代这些我缺少的书籍的内容。日历簿里有那种系统化重复出现的劝告提醒："报纸！"我显然挖掘过了首都各大报纸，一天又一天地查阅，希望在那些刚发生了几小时的浪漫故事和越轨行为的报道之外，还能找到点更多的东西。某些对整体情况的考查，某些事件的回顾，能把事件的碎片放在一个更广大视角中去观察。可什么都找不到。翻来翻去都只有：失忆。在今天的报纸上，你看，我已经在第一页上横穿整版写下了几个字——我都已经忘记了的："**什么都找不到！**"

你看，我把"身份"这个词圈起来，而且在边上还画了个惊叹号。这个记者在他对一项罪行的报道中把这个词和"事件"混淆起来了。这也许是很说明问题的吧。我自己对这个词的价值并没有确定的感觉——而且也不遗憾；这个概念我觉得没什么意思。不过我还是想到，"身份"

这个词好像并非什么统计数字，不是一种状态或者一种特性。在这个词里面有一定的动力。这是人连续不断地想制定的东西，或者是想避免去制定的东西，某种不确定的东西，人总是想保卫它，或者又是保卫自己而抵抗它。它总是不停地在运动，即使在有的时候，它可能能在一份护照里或在一份认罪书里变得透明而清晰起来。我可以就这样围绕着这个词走，但是我不能抓住它。是不是先要求有一种过去，才能给这个概念提供内容？一个没有历史的民族，是不是还有"身份"可言？这个问题奇怪地没有意义。谈论这样的事物毕竟是很困难的。我注意到，我刚才提到的"保卫"什么的说法，带有一种滑稽的古老的调子，带有一点诉苦抱怨的味道。你自然再也不用去"保卫"任何东西了。使用这种语言本身就把问题说明了。

但是，对"历史"这个词我必须小心。图书管理员那里的反应和司法部官员睁大的眼睛是呼应一致的。我的调查在形式的意义上自然不违法，但是它与一个更加微妙的规则系统有冲突，这个系统悬在空气里你看不见，在报纸版面中隐隐闪现，在人的额骨内侧等着发难——这是个能取代法律的系统。我害怕，在这个意义上，我的调查会变成越来越让人可疑，不是犯法犯罪，而是更加糟糕的：一种让人难为情让人尴尬的活动，一种刨根问底的寻找，明显表示出对我们的共同价值观本身的不信任。

　　这种被误解的可能性真让我饱受折磨，但是，只要我连这项任务的内容都不能确认，就不能做什么来为自己辩护。刚才在这些规定中翻阅，甚至感觉其中留给我的能用得上的材料反而比过去更少了。好像那个张来张去说不停的嘴巴正尽最大努力，要把本来还能找到的一点点本质的东西也都给说掉。是的，好像就是这种战胜失忆的尝试本身就在加深着失忆。这样的话，你也不是没有责任的。你耐心地倾听着，你那种专心致志，本身就使得我有可能继续失忆，把也许更多的一段失忆拉给我们。如果我以这种方式来澄清问题的尝试只会导致混乱，那么你就是给我行刑的刽子手，一个我自己迎接来的操刀鬼。这样的话，手提箱里的那些可怜的材料也就因为在我们手里反而有严重的危险。好像我对这些收据、日历、照片、手稿和备忘录等等的疑问，释放出了一种腐蚀性的气体，会把说明和处理问题的根基的最后一点残余也都化解殆尽。好像是搜查本身就是在破坏证据。

　　这些贫乏的文件本身看来还有一点意料之外的潜力可挖。我用手指划过这里的两张发皱的音乐会门票的时候，从里面好像钻出一种几乎耳熟能详的音乐的轰鸣声。名字我已经想不出来了，但是那些琴弦在典型的痉挛中爬动，而英国小号又从那些木管吹奏乐器中获得回应，木管又把人人熟悉的那种凉飕飕的感觉向下发送到你的脊椎。如果不是一两把小号又将人推回到座位椅背上，那么人甚至会从椅子上飘起来。不过，那不仅仅是音乐在把这些激情送进身体，也是因为我感觉L就坐在我的身边，我们在分享这种激情体验——并不是真的分掉了它。就好像是我的手放在她的手上，她把自己的手又抽开了。我的指尖能在这些文件的皱褶里清楚地感觉到她的存在，但是有一个细节完全否认了乐器要暗示的这种共同性。在一张音乐会门票上写着几个字，是我的笔迹，但是笔迹里又有些奇怪的东西："大吵了一架。真是无聊的绯闻。"绯闻？到底是什么越轨行为，危害了我们的共同生活？

不过，严重的事情是，对于这类纸张提出的这类问题看来干扰了这些灰白色纤维记录下来的现象，或者更确切地说驱散了它们。当我再次用手指尖划过这些音乐会门票的时候，我只听见一点微弱的沙沙声，另外一种遥远的声音。上面的文字现在已经半可读半不可读了。而"历史"这个词看来有着别的意思，既是更加难以达到的，同时又是更加通常的意思。

我就是不明白，我到底犯了什么错误。是不是我应该让这些文件放在那里不要去动它？是不是我扮演了一个早先的考古学家的角色，使用的方法太原始，不是去确保自己发现的文物所具有的证明历史的价值，而是毁掉了它们的这种价值？是不是我尝试着让历史岁月壮观巨大的图画留下的这些脆弱残迹重见天日，以便满足自己的好奇心和全盘浏览的需要，但笨手笨脚，反而毁坏了它们？不对，连这幅图画也导致了愈发增长的不明不白。好像每次增加清晰度的尝试反而将图画弄得更模糊不清了。

我真的忍不住想惊呼："这是一个地狱！"不过这个想法是荒诞的。这么想就已经很没道理，因为或多或少先设想好了一个更高的判决权力——如果不是我们自己的话语或者我们自己的行为和一个不可捉摸的法庭联合起来，把我们自己判处到一个我们自己准备好的地狱。但首先是一点：这类思想游戏，每个都以一种罪责为前提。那我们怎么可能，或者我怎么可能，在失忆之中还依然有什么罪责呢？这个失忆帝国正在不断扩展，不管你愿意还是不愿意。在它的高度上，人们可以像奎士林一样站出来，像那类通敌卖国者一样，为占领的效率卖力效劳，是啊，可能早就是同伙，为那些侵略抢劫者打开大门。但是我和这类阴谋诡计毫无关系。在我们的——或者我的——反应和我们的良知中扩散的未知癌细胞之间，我看不到随便任何关系。

我苦恼地注意到，你对我的话是怀疑的。可能你都不相信我是全力以赴地推动调查的——就好像我也愿意它是竹篮打水一场空，不会让我进入尴尬的境地。就好像我自己就站在我执行的调查的中心，我自己就是我要分析的东西的一部分，或者在某种意义上说，主要是分析我自己，是的，就好像我自己坐在被告席上，只希望整个令我羞愧的审理过程会被搁置起来，在过多的事情暴露在光天化日之下之前，就被人遗忘掉。你就是这么想的，对不对？我只能向你保证，我不想搁置我的调查。我会刨根究底，一定要弄个水落石出。

译注：

　　"身份"原文是 identitet，而"事件"原文是 indicier，词头相似。

那就让我们有系统地着手吧。这些日历簿我们可以先放到旁边以后再说。等一下！这本日历簿沿着书脊上的一条缝打开过——瞧瞧这一页。这里用大写字母报告："到乡下去！"没有写具体时刻，所以很明显这说的是一次开汽车去的旅行。你看，这里还提到一件事情："卧室的窗帘。"随后这天只写了一个词："稠李！"这两条记录寥寥数语，可我已经体会到它们之间有一种突然的紧张。这些词像枝杈一样分离，又穿过那些失去的东西，向下扎去让人刺痛。于是有一扇带格子的窗户就打开了，挂着新熨过的窗帘，笔挺地朝着一个凉爽的五月早晨飘出去。稠李花簇就像泡沫翻滚的波浪朝窗户涌过来。而在我面前，带点歪歪扭扭的笑容，是那个唯一存在的人：将睡袍拉过头顶，慢慢地研究打量。鸟，金翅雀在外面歌唱，是痛苦的歌，但歌声可比鸟本身大多了；歌声充满了整个花园，还有花园之上的天空。

我不记得这件事。日历簿告诉我，这是大约四年前的事，超出我的意识范围太远了。是那些词语在为我记忆。我从来没法把这景象揭示出来，我自己的工具一点都帮不上忙。在这样一目了然的状态里，居然也没有一点点背叛的香味。

赦免。

没有背叛的香味？我几乎上这个当了。就用这样诱人的图像，真可以把我从理性的分析推理中引诱出来，诱惑我去放弃我唯一的能让自己摆脱所有这些困惑的可能性。别的都不能做，我就只有被动地等待一个陌生秩序的赦免证明，等待有一点大赦味道的面包碎屑。可能这里正是我的辩护最薄弱的环节。然而，我不想让自己受什么惊吓。我会继续争辩到底，只要我的脑子还不乱，至少还能把两个词拼在一起。

不过，刚才那幅模糊不定的、可能也是出卖了我的图景，还在我的推理中存在着价值。它把这个问题摆到了眼前，就是说有哪些宣言能对抗失忆。是哪些物体或者情况能用它们承载的意义，通过了那些能删除划掉字句的机制和程序？——而且为什么？是不是这个碎片对我们特别重要，能把真正的内容包裹得那么紧密，所以那种白色就不能抹杀一切？或者是这些断简残篇太微不足道了，所以逃脱了那个空空的扩张着的帝国的注意？不，不是逃脱了，没有任何东西能逃脱帝国的注意。但是，会被看作是不太危险的，也是没有意思的？

为什么正好是这张照片留下来了？它也是那些背面有一点胶水痕迹和一张纸片的照片之一。在照片的白色边缘上，有几行用铅笔写的小字。字已无法读认，但字体不是我的，这点是很显而易见的。一切都说明，这应该是 L 的字迹。不过，这是不是意味着照片从照相簿里借出来的情况下，它就有一种特别的关联？或者是胶水自己脱开，照片就掉了出来，L 又重新找到了照片，交给我的时候又在边缘上写了那时候还非常清楚的说明？要是我在这两种可能性之间选择错了，那我就永远关闭了一条道路。我朦胧地觉得，我应该两条路都同时走下去，但是我真不知道怎么能做到这一点。这里我必须冒一点风险，才能继续走下去。我选择的是排除掉后面的这个选项。我拒绝相信这张照片是没有意义的，我把宝押在是 L 选出了照片这点上，因为它为我们的关系或者甚至是对我们的一般状态投上了一道光。她写的看不太清楚的那些话，一定是指出照片中哪些部分是有意义的。但是，她在这张照片里看到的到底是什么呢？她想要告诉我的到底是什么呢？

这张照片和我有关，这点本身是很清楚的。照片上的男孩——或者更正确地说，那个大一点的男孩——尽管过了这么多年，实际上和我还是很像。那时可能八、九岁。他站在一个坐着的中年妇女旁边，头微微侧斜向她。另一边坐着一个小两三岁的男孩，大概六岁，半弯着身靠在这位妇女的膝盖上。她的胳膊搂着这个小的，有一点斜靠向他，不对，胳膊不是随便地搭在他身上——看上去更像是连成一体，他成了还没有离开她的一部分，可能都**不能离**开她。在他们三人之间还有一种让人无法确定的相似点，一会儿是一种样子，一会儿是另一种样子，来去不定；到下一个瞬间，又看不到任何亲缘关系了。两个男孩都穿着水手衫。这个妇女和那个小一点的男孩坐在一个简单的长沙发上，混纺的沙发罩都已经磨损了。在他们身后的墙壁上挂着一幅画，一幅斯科纳郡园林景色，或者是一个丹麦特色的家园：白色的排房，修剪过的柳树，一条乡村道路消失在如棉絮般的云团间。有一张深色桌子的一部分突入到照片里。在左边，构成背景的是一个暗色而厚重长垂到地面的帐帏，可能是红酒颜色的。

大一点的男孩笑得有些暧昧，好像他只是临时应付着摄影者的招呼，同时他自己实际上一直不间断地倾听着遥远的雷声，或者是暗中的地球运动。看上去他好像是用皮肤在倾听，而不是用耳朵。这个小一点的男孩也在倾听，不过用的是另外的方式。他的微笑是那种娱乐表演演员的微笑，柔和的，但同时也能闪电般快速地注意到别人的反应，能呼应母亲这位观众的反馈，如果第一个微笑没有奏效，就会想出另一个新花样，准备着立刻从另一个方向再做出另一个微笑。这位妇女身材矮胖，但是面容轮廓分明，只有颈子以下线条才消失在肥胖的身体里。她眼睛直视着照相机。面容和姿态都在表示家庭的幸福美满。照片里有一定的紧张因素，那个大一点的孩子总在注意什么，而小一点的孩子在寻找什么。不过，无论如何看上去是幸福的一家人，一个失去的乐园。

但是，L肯定在这张照片里看到了另外的东西，可能是她个人记忆的残余引导出来的，那时这些残余还能用得上。无法理解。但是那些铅笔字迹还是让我找到了什么东西，像是一条线索。事实上是照片里的什么东西不对头。这个女人的眼神是不对的。起先你在她眼角和嘴边看到的是一种尝试，是自豪骄傲的表情，某些重点是放在她稍微向前推一点的男孩们身上——好像那是她要展示的首饰。不，那是她取得的某种成就，感觉她要说的是，"拿得出手的。"但是在她眼底深处闪现的还是绝望，很可能还是自卑自弃。在自卫的做作感后面，那目光其实是哀哀戚戚地表示要离开这个人世，可能还害怕带上其他人。那目光一而再、再而三地想说，"我放弃了。"就在那种捉摸不定的微笑中表示放弃。但是——现在能看得出——那目光说的意思有一种清晰，不过不是属于诚实正直的清晰。就像是一种要跳湖的威胁，但是这种威胁会向你冲过来，制造不安和依赖性，爱情的替代品，并不是完全严肃的，真有那种跳湖的意思，至少不是在这个星期内。

面对这种警觉、这种威胁和这种含含糊糊阿谀逢迎的态度，照相的人会有怎么样的反应呢？在照片上有一种奇怪的沉默，好像这是某个和照相对象并不亲近熟悉的人拍的，只是无意中揭示出了照相对象的本质。这不可能是这个家庭的父亲在摆弄照相机。自然如此。这不是一个完整的家庭。可能首先是那个帐帏和长沙发会说闲话，透露出这方面的问题。那个帐帏把这个不大不小的房间分开，以便充分利用这个显然太小的楼层公寓的每个角落。很可能在帐帏那边，房间更明亮的那个部分，是两张儿童床。但是这个狭窄的长沙发，罩着带有歉意的沙发罩，是一个单人的沙发。这是一个破碎了的家庭，这个家已经不完整，住在一个纸板箱子式样的三十年代的住房里，已经成为词典里的一个概念了，也许是赫格尔斯坦区，或者更像是亚戴特区，那里总充满着离婚的气息，住着演 B 角的替补演员，还有点冒险精神。如果照片涉及到的是斯德哥尔摩的话，那就是这样的。

墙上的画是有点让人莫名其妙的。不是说这是什么比较值得注意的艺术作品，不是这种问题，但是它的形式和结构还是有一种壮美，和这个家其他方面穷酸的样子形成鲜明对照。这显然是一个变异中的住家的一部分，是搬走了的婚姻配偶带走了的一部分。只说一句话："这个我要了，画的是我的老家，和你没关系。"而这幅画上的风景，给这个声音还带上了有点痛苦的斯科纳郡口音。

但是，家庭必备用品中，最说明问题的细节还是那张床，或者叫沙发床或长沙发，或者现在人们会叫做别的什么的家具。它摆在一个显然是当过道的房间里，那些来寄宿的人，做噩梦的男孩们，吵闹不休摇来晃去还满头戴着发卷的母亲，都可以在这里临时睡觉——到底有多少人住在这小小的楼层里？床垫已经塌陷了：自然是那个肥胖女人造成的，但也只是这种绝望的一个方面，绝望比任何其他东西都沉重，只会下沉、下沉、下沉。在相当长时间里她曾经是过得快乐的——她肯定受到顾客和同事们的喜爱。同时，在一个沙发罩并没有拉直遮好的地方，能看到这个沙发下还容纳了一个可拉出做床的加长部分。我刚才说错了吗？这是不是为一个男人准备的额外的床？不会，不会在这种一点一点恢复过来的富裕和一贫如洗的贫困混杂的状态里发生，不会是这样的帐帏，不会是这种永远凑合着过日子的状态。而首先是不会用这种咄咄逼人表示不满的强烈目光。那不过是一张给偶尔从乡下来的客人睡的床而已。或者也是一个储藏东西的地方，囤积着一旦战争真的发生时的备用物品——把沙发的这个部分拉出来，你会发现里面装了面粉袋、茶叶包、可可粉和几包咖啡；其中一包还被上面来的压力压碎了。

但是，我并不是为了重建我的童年景象来仔细审视这张照片，而是为了想知道，有关 L 这照片能告诉我什么，或者更确切地说，有关我们的关系。她那些模糊不清的铅笔字，是要指出照片上的什么？是不是指那个大一点的男孩在听什么，也就是我的倾听，过度敏感的倾听，听那脆弱的地震，准备着在地震过于强烈的时候就屏蔽起来？或者是指这个被切割的家里那种完全不安定的状态？在这两种情况下，都有细节能说明很久以后的生活特点。或者是在母亲和孩子们之间的紧张关系中她也站到了某一边？她站在哪边呢？不正是她进入这里，而且成为真正的摄影师。她赋予照片一种讯息，我却无法揭示。

但疑问依然存在：哪些线索是能够打破失忆的？照片留了下来，是因为它如此真实，还是因为它其实什么都没有揭示？还是……有另一种可怕的可能性——照片依然存在可能是陷阱的一部分。在这种情况下，要引诱我掉下陷阱的是什么呢？而且还有更糟糕的事情——甚至我在手提箱里随身带的这些可怜的外在记忆物，是不是也基本上变质了？它们准备再把我引诱出来，掉进这最后的困惑？

设想一下，L真的希望让我注意到这张照片——会不会是她把这张照片就看作能说明什么的照片？或者说，如果不是这样，那么我在方法上是否就不对，把这张照片当作了一个隐喻，说明她事实上还是递给我东西，一张无意中拍摄的照片，能说明我们都掉进去的严重情境？那么，我就要利用我的职业知识，利用手指尖上它们一起帮着编纂出的这些对应图像的记忆，目的是让这个世界清晰，才有可能对付——就像有时我们针对叫做现实的闪光，要压缩预算提案实用模式，每年一度我们都强迫它进入人们的视野，还要被人们理解，成为能够处理的什么东西。这样一种操作，也是在职务之外来授权的吗？在这种情况下，我可以把照片放在躲避开我的这种"现实"之上，看到某些意义在照片的黑白影像中出现。哪些意义？这个住了太多人的楼层，这个已经被寄宿过夜的人从四面八方穿过的绝望场所，这个生存中的脆弱的避难所，里面的中心人物已经被磨损掉了，而剩下的家庭用品已经悄悄地见证了一次突破，从一个意义充分的事物关联中出现的突破——这个场景可能在全世界都是当下能看得见的。但是，对于理解此时此刻的情形，其他细节还能提供什么帮助呢？这照片说的是一个一直在加水稀释越撒越大的谎言，能阻止我们去看，持续不断地堆积起来的迹象想要说明一个表面一看幸福美满的生活状态，而实际上包容的却是自我毁灭的强烈愿望。看来这足以说明问题了。不过，在照片的框架里，可能还会有更多东西出现。就是说，有些和过去生活关联的东西。生活的前一章节已经从这个上下关联中撕掉了；你在这个房间里只能看到这种关联的模糊重叠的一些碎片。那女人的整个姿态是对撕掉的那个章节的一种绝望的抗议。在种种不同意见中有咄咄逼人的气势，可能揭示了在这场灾难中人要分担的责任——**这点**在今天还会有什么相关性吗？但是，在这个绯闻中的主要人物并不否认过去的生活啊。相反，她让过去依然活着，依然是她在自己周围建立起来的殉难图的一个不可分割的部分。那也是她无法排遣的痛苦所需要的持续不断的营养。同时，这种痛苦能把失去的东西保留下来，就在此时此刻提供当下的时效性。我现在能清楚看到这点——正是痛苦能把过去的生活保留下来。而我至少拥有痛苦。

译注：

　　赫格尔斯坦区（Hägersten，意思是苍鹭石）或者亚戴特区（Gärdet，意思是原野）都是上世纪五六十年代瑞典首都斯德哥尔摩近郊建立起来的工人住宅区。

现在你已经耐心听我说了很长时间了。你进来的时候我从来没看表，但你坐在这里肯定远远不止一个小时。而现在我们事实上开始多多少少掌握点什么了吧。如果你还能待一会儿，也许我们就把这件事情搞清楚了。然后我们可以一起下楼去吃午饭。我有一种感觉，这里附近肯定有一两家好餐馆，我还愿意请你喝一杯好红酒———一杯成熟的红酒，来自我们开始能瞥见的过去的生活。老天爷，我太兴奋了，很多事情已经落实，有了眉目。我真不知道该怎么感谢你。事实上，我几乎肯定，要是我们再把这一团乱麻解开一点，就能把事情搞清楚了。我实在是被孤独弄得不知怎么办了，我缺少一个听众。最后就没办法想出什么头绪。而现在一切都变了。

　　我突然明白了，我能随意使用的那个工具，正是文学已经失掉的东西。其实我们都意识到，作家已经在我们的社会里失去了他们的角色。文学怎么还能在今天存在？悲剧？那个英雄人物原来要摔下来的令人眩晕的梯子现在横躺在地上，这时候他沿着水平地面的蠕动甚至都不值得贴上闹剧的标签。小说？作家怎么能够把这么多的材料组织起来，能对它们有一个全面浏览——读者就更不用提了。讽刺杂文？当没有人还记得现实的时候，一种恶意挖苦的措辞也能算是抗拒吗？不，我们时代的诗歌，事实上是属于立法者的，或者说那些办事员的，如果你愿意那么说的话。我们曾经一度是神圣戏剧中的诗人的情敌和对手吗？这个想法离我已经很遥远了，仿佛是一片云彩的影子。现在呢，作家在任何情况下都只不过是一个局外人，对我们的社会已经无话可说。是**我们的艺术**，才可以让所谓"现实"在某个瞬间清楚显现，才有可能去对付它。

而这种艺术有最好的起源。我面前有一张书单上写着一个名字"俄狄浦斯王"，整齐地打了勾表示读过了——我们不是谈起过这张单子吗？这个剧本背后的大师，正如一个笔记所说明的，非常可能是一个法学家。整部剧作就是一次调查，出发点就是文献记录下来的现实中还能用得上的断简残篇。而主持整个调查的不是别人，正是俄狄浦斯王自己。他曾经一度受到自己城邦的误解，备受屈辱。

我还记得他甚至被剥夺了出生权。或者，是不是人们因为他而毁掉了一对马？不管怎么样，是他本人主持这个审理过程。我不记得细节了，但是他一步一步地揭示事情的原委，将真相暴露到了光天化日之下。最后，这个有罪的人赤裸裸站在那里，连自己都惊恐不已。这是一部描写当权者干练地处理政务的戏剧。我相信，这种最好的文学，正用这种方式，在成为我们这个时代叫做艺术的东西，而且是带着全部的谦逊姿态。

但是，我本来是应该在我个人的项目中也发挥这种职业能力的——这是我现在能看明白的事情，是在你的帮助之下看明白的。以公职的名义，我用得上不同手段，能让我跨越我们行业化意识的裂缝，这些手段我也能在自己充满欲望的搜寻中利用。也许我考虑的特别是我们的方式，能利用我们在一种行业中作为对立图画成功建立起来的东西，为的是在一个完全不同的行业里强行得到理解，而这个行业本来已经早就和前一个行业失掉了关联。我肯定提到过了预算提议。

每件事情突然都指向长远。来自过去的一条怪异讯息能够把眼下我几乎不能区分的事情照亮，让它变得明明白白。而我在眼下还能成功抓住的东西，又可以见证那些我们失去的东西。我说的是否太抽象了？我是太有福气了！

但是我要表达清楚。这种想法是在我面对手里这个东西时出现的，是放在手提箱里的一张有了年头的菜单。可能是因为我们开始饿了而想吃午饭了吧，所以我的手就去摸到了它，是不知不觉完全无意识的。无论如何，这张小小的硬纸片成了某条出路的例证。菜单上有一个非常模糊的年份，但是在某些时刻还能看出来是 1981 年，当然是 L 和我某次室外宴会的纪念物。可能是一个生日宴会，或者说更有可能是庆祝结婚纪念日。餐馆的名字看不太清楚了——是比利欧榭还是北楼榭看不清——但和其他说明文字一样也是法语，能向人暗示这是一次到法国的旅行。但是，地址却好像是瑞典文的。这就不管它了，有意思的是，一个这样的用餐建议能揭示出那个组织。有人能够安排购买三文鱼和鸡、做馅饼的料、各色蔬菜、葡萄酒、面包、鲜花和蜡烛，收回了送到正确地址的洗净的桌布餐巾等等，还记得电费账单——而且能够期待厨师们和上菜跑堂人员不仅正好找到这个工作地点，而且及时赶来执行一个这样的名副其实的实地战役。我的意思是说，这个来自过去的证据，只有几年的距离但是已经感觉很久远，这个证据能照亮现在说明眼下，能让我们太亲近以致分辨不清的事情变得清晰起来。现在你可以看清它们，它们有了突然的清晰。我们下楼去吃午饭的时候，就不会指望有些事情能带着如此军事化的精确度。也许我们是抄了一张老的菜单，但是这种情况下，我们会表示歉意："可惜，今天我们没有香菇。比目鱼好像也没有进货。"也许这天的厨师是新来的，或者本来是一个救护车司机或者一个收垃圾的，完全不懂烹饪之道，这天却不巧，落到了一个餐馆厨房里，竭尽全力地把临时收集起来的原料糊弄成一盘菜。

用这样的方法，你就可以把没有轮廓的私人生活和社会现实的各个部分强行暴露到光天化日之下。这张陈旧的学校成绩单，好像是来自我少年时代的唯一文件，用这种方法就能使我当时的一部分生活也变得清晰起来。只是有点奇怪，当我手里拿着这份文件的时候，能感到那种敌意。想到那个老学校，就让我进入极度不快的状态，强烈到让我有一种突然的冲动，要指挥一群推土机去把它推平。在这个世界上，我难道不还是一个得到很多好处的人吗？

在我拿起这张成绩单的同一时刻，我就知道它肯定会是自相矛盾的——它已经是和我们这个时代有相关性的一种状况。这是一张成绩证书，名称就是这么叫的，是东岛区教育局发的，写的是"1948 年秋季学期"。但是在最下面班主任名字的上面，写的是"1948 年 6 月 5 日于斯德哥尔摩"。在这份文件上，季节就已经互相矛盾对立。

十二月的寒风，尖厉地刮过了第一个夏季早晨的学校结业典礼，带走了枯萎的稠李花的平淡气味。

就是这份文件自己否定着自己。就在不情愿之中，它还是四处泄漏出信息。泄漏最多的是根据个人成绩而制订的等级制度，就是这份文件上的"本班级25名在校学生知识与能力课成绩单概览"。那个顶着我的名字的遥远过去的高中三年级或四年级学生，显然不仅是一支飘忽的学校蜡烛，也是一个小小的野心家，要不顾一切地往上爬，成名成家，名利双收。不对，不是往上爬而是回到上面去——这里自然是一个掉下来的人寻求报复的问题。在成绩单左边最下方，在请"家长"确认成绩单已经向家长出示过的那个地方，只孤零零地写着一个女人的名字。所以，我母亲叫做艾琳。是啊，为什么我没有把这一点也忘记掉呢？无论如何这是一个分裂了的家的名字，一个落到了所有社会阶级之外的资产阶级地位的废墟的名字。

但是这个男孩，很可能叫做艾利克森或者诸如此类的名字，通过披荆斩棘的个人奋斗，兢兢业业地穿过成绩结构爬了上去，进入了上流阶级的闪闪发光但大门紧锁的天堂。在这个背景的什么地方，在边缘处，还能闻到灰尘的气息，感觉到来自一个两居室小套间的拥挤不堪，还有母亲滔滔不绝的眼泪，那是征程开始的基础，而征程是要进入这个沉重而封闭的石头建筑造的殿堂的王国，客厅里挂着家族名人的肖像，还有无尽头的挂毯，走廊的墙壁上带着红木饰板，而围着蓝围裙的女仆们会端上托盘，为培尔和他的新朋友送上牛奶和三明治。

而这个对二十五个孩子学习成绩的无情概览，把它的模式压向我们这个闪光的时代。这里看不到任何等级，也不应该存在任何等级。金星、勋章或者地狱的惩罚已经被取消了。这是一个完全不同的社会，寻找完全不同的招收成员的方式，更宽更广，现在大部分都来自边缘，不再想知道什么向上爬的途径，相反，它声称的阶梯实际上是铺设在地面上的。但是，成绩概览还在坚持着——有一个结构正在呈现，并非真的和过去的结构相同，但是一如既往地冷酷无情。难道不是同类的人物在填写这些栏目系统吗？难道这种等级不是照样固定不变吗？有新的东西，那就是这个巨大的机器说它愿意做完全不同的事情，会敲敲打打和有规律地跳动，会做出狂暴的努力，但是却不会做很多的改变。这份文件里的矛盾意图指出当下现时中的一种矛盾，指明一种会自我取消的精神分裂系统，是用一只手去拿回另一只手递出去的东西，要摆脱竞争，又要拧紧成绩的螺丝，帮助那摔倒的人重新站稳，但是当他要自己走路的时候又给他装上脚镣，同时还要自说自话，直到一切都溶解在朦胧之中，变得无能为力。到现在为止，我的解释可能还不那么令人印象深刻。你可以同意这样的批评，同时又发现这批评奇怪地毫无意义。不是这样，那还会是什么别的样子吗？意图和实践其实属于不同的行业，并没有互相关联。

在这张有了年头的文件上，在分数成绩和比较对比之间，在点名报到和有正当原因的请假缺课之间，显示得最清楚的事情，是这个想征服未来的人恰恰在越来越强大的经验中间是缺乏经验的。他有能力把一切都投入到这场游戏中，把宝全都押上去，却没有看明白。在这个初夏或者是初冬之后几年，他会有一个灾难性的错误决定，一个会花费很多年才能纠正补救的决定——假定这个决定还不是无可救药的话。我无法看到那是关于什么事情，只知道他不知不觉地进入了某种境地，这种境地会把他给抓住。

这个男孩是从一个民间故事里跨出来的，身穿布莱登堡公司名牌西装，身上却依然带着放猪倌的气味，而他要追求的自然是公主。这个成绩证明试图告诉他的就是这不是什么民间故事，而是人们对他的勤奋努力做出了很高的评价，相信他是可造就的有用之才。这份文件是在给我们后来的现实涂脂抹粉呢，而且说得很清楚：这个头发蓬乱的放猪倌还在寻找国王的女儿，试图证明他曾经数度和她同床共枕，只因时运不济，让她从视野中临时消失了。但是，不管怎么样，结局必须带有民间故事的坚定不移的逻辑，必须皆大欢喜。整个失忆在冷笑。

但是，来自过去生活的这种模式，不管怎么样，还是能够提供有关 L 的线索。她有非常纯真无邪的样子，矜持有礼，与人保持冷淡的距离，又会报以一种很有教养的微笑。她说话不多，语调轻快，有点冷嘲语气。你听不到那些词语，但是它们的犀利显而易见。这些失落的词语会让人痛苦。神采奕奕的容貌是开朗坦荡一览无余的——其结局就是把我拒之门外。我再也把握不住这些词语，但是面对这份文件，我发现我无法停止对这些词语的摸索。它们让人如此痛苦，以至于我不会把它们错过。

不过，能让过去保留下来的这种痛苦，假如多半是看不见的话——也许在这里不管怎样还能找到一点勾连。L留下这张照片的意图，绝对不能这样来解释它。那时我还没有失去她，她也不会事先预料到我会想念她，而这照片会在重建我们当时依然处在其中的生活状况时发挥作用。不会，这种解释是马后炮。这也不表示我打算抛弃它。一把偶然多出来的钥匙，也许碰巧就是能打开大门的钥匙。但是我得承认，这一切都变得有点像玩彩票。我是从 L 找到了什么这一点出发的——而它不会是我刚才粗略地描述的那些事情。

　　我坐在这里，身上微微发冷，好像是刚跑完一场大汗淋漓的长跑；是在一种正冷却下来的热情之中。我必须看看，用刚才的清晰看法，还可以挽救什么。对了，尽管有种种问题，我相信，我有所进展，我们有所进展。那很久以前就失去的东西让人痛苦，就是现在。好像我同时住在好几层楼房里，而自己还没有注意到。将要到来的事情，是否此时此刻就已经在这里了？也许就在这只没有关联的手里，在下巴上这块松动摇晃的部分？这样的想法，到了最后就没法再去想了。但是我还是觉得，那过去的就好像在这现在的内部隐隐作痛，一般来说是能够触及到的，但是它们的可读性却是程度不一样的。

　　只是我不得不小心对待手提箱里的文件知道的事情，它们会把失去的东西讲述给你听。围绕着它们有一种出卖人的气息。这点我之前肯定已经告诉你了。用我全部的推论归纳艺术来推断，如果我在手提箱里随身带着的剩余材料出卖我，那么我就会被打得粉碎了。我们刚才还看过这份学校成绩单。一份来自1948年的文件里的细节是如此清楚，而很久以后的文件却会在那种模模糊糊的白色之中丢失了内容，这是怎么回事情呢？这是不是一种失忆的突然发作？还是一种计策，要把我送上发疯的轨道，在这之前和我玩点游戏——

　　也许，说来说去总而言之，我要做的事情，其实就是无论如何要摆脱掉那些最猥亵的材料，所有这些临时性的文件都声称它们知道点什么，但是明摆着已经再也没有什么要紧的事情可说了，反而只会破坏我想方设法去理解的事情——也许还是带着恶意这么做的。至少这几堆记事条现在我一定可以扔掉了，其中不少是好几个月前的了，这样还可以得到大一点的视野。你看看，我可以把整个拳头都放到废纸篓里，也没有把这堆废纸压低。所有这些陈旧的戏票、电费账单、来自不同组织的乞讨信，全都可以扔掉了，也不用担心什么法律惩处。这里是一张买了两张床的旧发票，这张发票现在也不能告诉我们什么了。此外：就算这些纸片也能告诉我们什么，可我怎么还敢相信它们做出的证词？

译注：

　　布莱登堡公司（Bredenbergs）为欧洲著名西服制作商。

也许还是身体的记忆更加可靠。有种思念贯穿过我全身的每个细胞组织，就在这种思念中，我能感到过去的事情留下的痕迹。从我对 L 的思念，我应该能够重建起她的形象。我的皮肤在呼唤着她的皮肤，一寸又一寸地感觉着它，感觉每个天生的痣、每个潮湿的皱纹、每个神经丰富的部位、每个更凉爽的皮肤斑点。我的嘴唇知道她的发际正好处在这个水平，而我的手知道她的腰会对这个搂抱动作做出回应。我的胳膊能感觉她的体重。而我的视野里还有一块视力减弱的部位——它随着眼球转动，正好包容住一个面庞的斜面轮廓，变得黯淡，但是如此接近可见度，连眼睑都会颤抖。

我谈到这件事的同时，不同印象就会开始互相搜寻！依然还是黯淡的——但是就好像有一只手已经停留在电源开关上。感官互相报告信息，它们已经兴奋激动起来。有一个快门闪光片，像是树叶在眼睛的高度构成的，会越来越快越密集地闪动。同时还有一种吱吱呀呀的声音，一种有韵律的不断生长的声音，好像她走在我的前面，穿着坚固的木鞋，走在铺满沙砾的花园小径上，而我步子很快地跟在后面，努力想缩短我们之间的距离。还有一种叫不出名字的香味散发开来，分布到她的动作中，分布到树下的阴影里。于是，她的脸突然就在那里出现了，快得只有几分之一秒的瞬间。头发可能梳成了两条辫子，但时间太短我还来不及看清楚，但是显然脸的一半轮廓转向了我，吃惊地张开嘴，因为认出了我而微笑。不，笑容是更不确定的，好像这种认出人的样子也会对很多人展现。

又不见了。这种面容开放的时间实在太短，来不及真切地记录下来。但身体的记忆还是能提供更多实质性的信息，比我随身带的这些外部记忆中的全部文件能提供的信息都多，这些文件也许是出卖我的，至少是不太可靠的，尽管如此我还是不敢扔进废纸篓里。是信息，又不是。是一张脸，又没有脸，一种接近但是没有声音。能记住痛苦，但是没有用得上的颜色、姓名和地址。

同时，还有些让人恐惧的东西，就在这个还来不及成为脸的脸上，在这种还没有时间成为皮肤的甜蜜里。好像那里存在着一个小小的会溶解的斑点，是死亡轻轻地碰了你一下，但消逝得太快，还来不及抹掉它的图像，不过已经足够清晰，能使得生活具有生命。

平凡琐事把我再次淹没。同样的信息又在一个较低的层次上返回，成为一种嘲弄，就好像戏剧舞台上，老爷对爱情的烦恼在一对仆人夫妇的哈哈镜里反射出来。我睾丸里的微痛正重复着它就事论事的信息，说明在后半夜发生的事情——只是没说和谁在一起。附带着的轻微刺痛好像给人死亡的错觉，其实却是生命。而嘴里的咖啡味在折磨我，引起幻觉，告诉我在这种时候，我通常应该下楼去喝咖啡吃茶点了——但我却记不起来任何咖啡馆，只会在甜蜜的感官刺激之后，再扔给你一点烟灰的味道。

别动，别误会！我完全没有要中断我们的谈话的意思。这个谈话现在无比重要，胜过世界上的任何咖啡茶点。我只是要唤起这身体里可能有的琐碎记忆，作为例子说明重建过去的可能性。它涉及的不仅仅是毫不复杂的生活需要，比如出生后就会饥渴就要吃喝、睡眠和得到性的满足。对咖啡的渴望也是有复杂性的，也许可以说明多种变异的复杂性如何能让我们向前走得更远一点。就是说，我不太愿意下楼去，坐下来参加某种谈话。我直觉地感到，当人们搅动杯子的时候，其实想谈论的是什么。我对此什么都不记得了，但是肯定是喋喋不休反反复复的辩护，抵挡来自四面八方的对官僚制度的攻击。我能感到那种不快的感觉通过我的后颈和胳膊。事实上，我对这种明显属于吹毛求疵的批评更多的可能是感到难过，而不是恼火。人们忘记了——为什么人们不正好忘记这点呢？——其实是我们自己创造了这个国家的这些官僚部分，需要它们来做出什么政治决定。如果官僚制度不存在，那么失忆很快就会导致全面的混沌状态。我们粗心大意地叫做现实的里面，有很多节孔或钉头，对所有这些，内阁大员其实一无所知。他一当上这个官，就连一个单独的个人都认不出来了。他不得不在一个抽象水平上做出反应，可是又没有清晰可辨的声音，没有可区分的诅咒或者呼救信号能达到这个水平。但政治决定是不能在真空里做出来的。没有官僚制度为政治意志创造一个基础，然后在至少和外部世界还有零星联系的一个水平上使政治决定生效，那政治家就会变得无能为力。你就想想国家权力本身吧，一种到处伸展无所不及的权力，其实什么地方都进入不了。一个巨人，比以往任何时候都巨大威武，又像一个贪婪的老头，无论如何都一门心思要继续做点好事，但是又聋又瞎。而他又不能安分守己地坐下来。当他在自己的领地里蹒跚而行，一会儿跨到这里，一会儿踏到那里，脚底的地都会裂

98

开吱吱乱叫。正是在这里我们要介入，必须介入，控制他的脚步，因为这样做——我承认——我们就分担了我们这部分的责任。但我们这么做不是别有用心。可人们就愿意忘记我们的诚实，我们完全充分但酬报却很可怜的诚实！

哦，原谅我，这么说实在有些过分。不过，这涉及到不公正，一种每时每日持续不断的不公正，无时不在，就像我呼吸的空气。我能感觉到这种不公正，但是不记得哪怕一次对我们的特别指控。我的看法不是说现在要为我们的工作辩护，而是说我的皮肤、肠子和耳朵的记忆能够提供不同的出发点，使得我们有可能找到那些从我们的搜索意识里滑走的东西。也许吧，通过一种聪明巧妙的结合，把折磨我身体的那些不同思念结合起来，我还能抓住一点有关 L 的外貌和住所的信息。而且——如果我能有一时一刻把握住我糟糕的良心，居然在最好的上班时间讨论我自己私人的绝望——我就能把我的雄心扩大，扩大到私人的事务之外去。我想从我如何思念 L 出发，让她的形象明确起来，而这样的种种尝试也能提供一种典型模式，告诉我们如何重建这次被取消的官方调查。对那些规定和工作文件，我也可以从能感觉到的思念形式出发，从它们留下的空白中出发，一点一点地恢复面貌——或者更准确地说：是从可以辨别的不同思念之间的结合出发。

我理解你沉默的反对意见：这样的操作只会成为一系列猜测。但是，正是你沉默不语的抗议，在这点上反而对我有所帮助。我能在我的肩膀和横膈膜里非常清楚地感觉到你在想什么。我的皮肤近似对地震的敏感度——我们不是说到过它吗？——现在不再是一种痛苦，反而成了一种可利用的资源。我们是在不同的、难以把握而又多变的各个方面通过对方来活动自己，在瞬间中停留在对方内部，这么做就会提供给我一个知识理论的基础，能把你当作认证的权威机构来利用。当你的心跳减慢的时候，我也能非常清楚地在我身体里感觉到。

既是在我自己的感情考古里，也是在这至关重要的工作任务的重建中，在两方面我都能用这种方式在你身上测试我的观察，我的思念的结合，一步一步让我把事情搞清楚。这种争论是出自思念的形式和强度，不管它如何不确定——它还是再度给我一种支持，能够解释我能用得上的那些贫乏的资料。

我要解释解释。有一个出发点是这份文件提供的，尽管它本身既不可靠又模糊。这是一张浅蓝色的通信卡片，本来带着香水味，但因为被翻看得太多，现在在没有什么香味剩下了。它能说明一种亲密关系，但是不清楚它是由于一种临时的交情而写的，还是出自一个终身女伴的手笔。

不过，我几乎还是能确定的。那些我专门设计出来的妻子们，一夜又一夜的妻子，不过是我路过的车站。一旦我明白这个晚上的妻子不是L，我就再没有什么理由要抓牢这种冒险中的什么东西。不过，这张通信卡不是为了别的，而是要安排一次新的约会。所以我还把它保存下来了。这一定是来自L的。我只是不敢拿我保存的那份考卷来对照比较笔迹。不是因为我对笔迹是否能对得上没有把握，而是因为，如果我要在这堆乱七八糟的东西里找出她真正的笔迹，就得冒着失去线索的风险。

这张卡上写的大部分信息已经被涂抹掉了，但是还有一两个模糊的提示意义的措辞可以分辨出来。首先是提醒你记住"一个承诺"。然后是一个空白。然后有些可看清的字："如果你能先脱掉……然后再……"。随后在一个新的空白之后是这些词："失落于……中……引导你（或厌恶你）"。

我自然记不得什么承诺。卡上也没有什么地址，所以就算我记住了，也不能兑现什么承诺。可其他词汇表示什么意思呢？这句"如果你能先脱掉……然后再……"什么意思？在一个粗鲁的层面上，可以联想到一个迫不及待的情人，裤子只脱到膝盖上就要执行任务了。这对我来说是一个非常生疏的情形。然而这里进入了一个身体的记忆，一个延迟的诱惑，提供一种新的定位。我感到的这种肉欲带有一种奇怪的附加味道，有一半准备冒险，让自己处于危险中。卡片上的模糊信息和那种感官印象的结合，给人一种性游戏的朦胧意念，有意识地冒被发现的危险，一种色情的博弈。在这样一种说明里，这些文字就可以理解了。我应该在大门外就脱掉衣服，按门铃的时候，衣服就夹在胳膊下面，把鞋子拿在手里，还冒着某个邻居会路过看到的危险。但是，我要在哪个楼道里在哪扇门的前面赤身裸体地站着呢，又充满性的冲动，又害怕被发现，兴奋得百感交集？我身体的记忆并不提供如此清晰的通知。

然而，"引导你（或厌恶你）"这些词是什么意思？好像这层楼房是在黑暗里，充满了危险的障碍物。身体的记忆又提供了对我的解释的支持。我刚才没有说到那种感官印象吗？可能有几个人卷入了这种亲密的情境中，而我不记得了？好像房间里还有其他人，在黑暗里。失忆给我的眼睛蒙上了一块黑布，让我在种种不确定的预感里摸索一个陌生的身体，又有几个身体，一片有点潮湿的皮肤，又不断变化着温度，可能也是肤色，一切都是在无法理解的兴奋刺激中，因为在这房间里能预感到什么：来自各个方向的呼吸，热的气息，身体的气味，不同的气味，非常接近。缺少记忆图像使得我只能在一种高热里盲目摸索，这种热从未形成面孔或真正的接触，只是一种不间断的，数倍的发热的接近。

要是在这种同时同步不断增加的男女杂交的感官印象的光线里来读"引导你（或厌恶你）"这几个词，那么一个承诺就出现了："你失落于这堆皮肤和气味中，而我要引导你正好到我这里来"。在这群兴奋刺激的人里，所有方向感都失去了，而是她给我指路，把我引向那个真正的约会。

我感觉到，你认为我的想法是勉强的。我能看到这种推理中的薄弱环节。我还没有合理地分析我在黑暗中预感到的那种奇怪的人数加倍，或者是那种身体接触的怪异的漫延。这里的问题也不是关于那些人们可能在自己临时的卧室要推开的人物。在这种感官印象里，完全没有任何咄咄逼人的人力增加。这也不会是有关什么集体性交的问题。我在皮肤上感觉到的那种肌肤之亲，非常明显只是指向唯一的一个人。在床上的其他女人当然可能是很刺激人的，但是她们在某种意义上是无关紧要的。无论如何，她们也是不太可能存在的。

你强迫我做出这种我最愿意避免的结论。正是我的种种努力，要把失去的那个面容固定下来，要把握住那个接触我的身体，正是我的尝试，要把她本人辨认出来，结果反而导致了不确定性，导致了人群，导致了分散分解。我越努力辨别她的样子，那皮肤的淡光就越不确定，轮廓就越微弱而不鲜明，在这房间里暗藏着的人物就越多。当我尝试着记忆和她本人的这次会见的时候，好像我是被微微潮湿的皮肤从四面八方包围着，我的身体被来自不同方向的腿脚缠绕着，张开的嘴唇沿着我的肩膀和胸部滑动。在这种不再能够制订清晰目标的环境里，如果这是一个"引导你"的承诺，如果它不是咒语，还会是什么？正是这偏偏要达到她的尝试，把她变成了一群无名的女人。你强迫我得出的结论就是说，那唯一对象是不可能固定下来的。其实我过去早已知道，但是我真没勇气真正在**现在知道**这一点。

能使除了这条该死的舌头之外的所有器官都麻痹的，是那种预感，就是说，有什么东西就是为我准备好的。我以为我前面有一条可能的道路。我感觉到的痛苦本身，看来就能够保留住过去。我能把我分散的文件压向"现实"，强迫它变得清晰。我认为我拥有一种突然的自由，根据我身体里的思念提供的那种指示，根据我的绝望依然可以提供给我的那些微迹象，我能试验着往前走。而我跨入了陷阱。现在我不得对那些可能性提出疑问吗？我有可能从那毕竟还找得到的可怜线索出发向前推理吗？一检查这些线索，它们就开始变质腐败了。好像有一个新的自然法则，阻止你固定住正好你的目光愿意停下来看看的东西。要是我能理解为什么就好了。

看来我在以这种方式毁掉我拥有的这些脆弱的材料，不是通过我的问题问得早，或者措辞失当，而是因为我总而言之还是问了问题。我想得到精确讯息的企图本身就已经把刚刚还可能的回答歪曲了。好像我们不仅是该死地要躺在我们铺的尸床上，而且每次想把尸布拉平整的努力，反而会让床变得更加一团糟。

我试图回忆有关西西弗斯的神话故事。他要推一个大石头，但推不动。当他要摇动石头的时候，石头就变得越来越大。他越努力，石头就越大，而且越不确定。石头的块头越来越大，正是因为他跟石头过不去。这肯定是对他的罪过的某种惩罚，不过我记不得我犯了什么罪过。要是这样的话，我的罪过是什么呢？

可是，一种本来人死后才遭受的惩罚，怎么现在就落到了我头上，就在我至关重要的工作正进行中的时候？地狱也会把它的冥冥之光送回到我们的日常生活中来吗？我看着我碎片一样的手，试图理解这个问题。上帝面前的罪人在人世上就会受到这种永恒的惩罚吗？就在他的犯罪行为之中，这行为的痛苦报酬就已经到达，一个纵欲的好色鬼就在体验着性高潮的那一刻又被去势阉割？人能够同时既生又死吗？

这是不对头的，一点都不对头，就好像我本来是无辜的，但同时又被尚未判决的指控折磨。除此之外还有：如果这种状态确实是一种惩罚，怎么能够影响那么普遍，就像失忆不管怎样也会影响到的那样，不负责任的人还是要负责任？好像对于过去的麻木不仁就足以构成了犯罪。如果这不是一种惩罚，那些某种罪行的狡狯迹象怎么会进入到这种图景中来？这一切都在分崩离析四散坍塌。在同一个问题里包括了多少互相矛盾的回答？这是不通情理的。我从你那里听到沉默的回答，可这就是现实啊。

译注：

瑞典语词"leda"为多义词，根据上下文，有时为动词"引导"，有时为名词"厌恶感"。

不过，也许这一切实际上是非常简单的。也许只是失忆阻碍着我看到这一点。不可能找到 L，又不能为我的工作任务下定义，这两者也许都和另外那些不可逾越的困难是连接在一起的，就是说，难以把那种狡猾地暗示的罪责搞清楚。这些不可能性也许是同一件事的不同方面，或者是同一现象的不同结果。这里也许有一种巨大的必然性隐藏着，好像是我得了失语症，坐在一条写得很整齐的信息前面，这信息显然是发给我的，而我甚至不明白这些其实是词，是写在纸上的词。

那怎么可能继续下去呢？我找到的唯一回答无论如何还是语言，这现象不可捉摸，并不像所有其他东西那样变得稀少。合理地看，我朝你抛过去的不过是越来越语无伦次的语言残余，不是那种滔滔不绝的该死的口若悬河，那种健谈反而会越来越严重侵蚀着我要说的事情，而这种长篇大论本身却没有一刻会减少和稀释掉。对我来说，首先是不可能把握那个单独而精确的词，能用于我尝试表达的事情——它肯定溶解在那种模棱两可和咕咕哝哝里了。但是，你不会有哪怕一点点困难就能找到正确的词，哪怕是最小的困难，尽管你找这个词的时候其他一切都不见了，也没有任何困难去抓紧某些固定的意义。好像不是我在选择词汇，而是词汇在选择我。词汇自己把自己放到我的嘴里，既没有怀疑也没有保留，就放在上颚的碎片和差不多完好的舌头之间。这个本来不应该存在的巨大记忆为我记忆着，词汇从我的嘴巴里流出。

我沉浸到一个分布广大的修辞动力中，它正在向某个地方流动，向一个我不知道的目标流动。在它的流动中我能感到处处充斥着刨根究底质问人的气息，其中的成分又是审判式的，又是调查式的，甚至又可以说是欲加之罪何患无辞，成了草菅人命的判决。好像我被拖进了我自己推动的铁腕式调查，好像它在我的头上大有进展——但把我当作毫无知觉的推动力。

在这种上下关联中，我的角色起码是很不清楚的。自然如此。为什么这一点就要明确不动呢？我嘴里的那种无法确定的有罪的味道，最终也许就是这种不确定性的一种表述而已。我们向外移动的地位，我们互相偏袒的存在，让我不时地感觉到良心有愧，对我们的调查所针对的那个人或那些人感到内疚。但担任调查员的毕竟还是我。即使我也不知道这个调查过程到底要往什么地方发展，或者到底要证明什么。

我不懂的是，在这种横扫一切的失忆之中，怎么还有可能存在一种糟糕的良心。所有的罪责其实按道理说都应该是可以原谅的，所有的罪行都是事先禁止的。在我的周围，还有什么事或什么人能记得我，并把一条预感发送到我的头脑？或者是一种假想罪行居然有如此维度，能够在语言中留下标记，在口头语境中留下罪责的伤痕，贯穿我的身体，穿越我的头脑？

可是，这种事为什么就落在我头上呢？这自然可能涉及到直接在我自己的工作范围内发生的一件罪行，所以罪责的污水就会溅在我身上。那为什么责任会死死推到唯一一个人头上？我可不能从我自己的工具上等待一个更精确的结果，而不信赖我们电脑化了的社会系统。从社会系统那里，除了它会把一个陌生人的交税债务记到我们头上，或者因为一桩从来没听说过的罪行而把我们拘留，我们不用期待任何东西。从社会系统那边，原则上个人只会碰到误解。难道我从来没问过为什么吗？我的新的见解至少给了我一个提示。每个涉及个人的这种问题都会让每个这种回答败坏无效。公正必定是一个清白的统计学的状态，无法就我的或者你的问题来解读。很可能我们必须接受这种不便，为的是避免完全关闭电脑终端的话而引起的更大的混乱。对于国家权力来说，在所有情况下让这个社会系统继续运转都是有必要的，确实，甚至有必要在各种电脑上都添加更多的导引功能。个别的错误显示，也不算什么大不了的事，能干扰中央屏幕上的图像。

也就是说，有点污水泼到我的头上是非常自然的。如果我能嗅到臭味的罪责就在我的周围，就会有这样或那样的症候指向我。一种统计学的世界秩序必定如此，不会有其他样子。落在我头上的任务是要仔细检查每个这样的症候——看上去也是很麻烦的症候，以便试试从中引诱出**真正**的内容。

最清楚不过的就是这封奇怪的信了，能让你联想到牙痛。一个脏兮兮的褶皱的信封，肯定已经存放很久了，显然是件经过反复缜密检查的证物，而且也让人暴跳如雷。上面有我的名字，还有一个对我来说再也不说明什么的地址。邮戳自然已经模糊不清无法读出什么。没有写寄信人——这是一封匿名控告信。可指控的罪名是什么呢？信封里只有一张报纸上剪下来的我的照片。有关什么事情也不太清楚，因为照片是从某篇文章里剪下来的，剪刀有点剪歪了，下面还留出了几个词，能够重新拼出来："刚开始的这个学校周"。这表明我这一生的事业中有一段时间，或者说有相当长的一段时间，是一个学校官僚，或者是教育部门的官员。也许我现在依然还是。

这张照片证明的事情里我正在做什么是不清楚的。我站在那里演讲，举着手，身体略微前倾，像是一个尝试把咄咄逼人的姿态收敛起来的人，想获得听众的信任，但同时又在一场蛊惑人心的表演中失败了，赌咒发誓花言巧语拉拢人心都没有奏效。嘴巴半张着，眼神要比静止端坐的照片所能记录的样子更加投入，想表现出更强的诱惑力，在这个突出的瞬间是凝视前方的，甚至有点滑稽。但照片里要指控我的是什么呢？照片上的人物姿态本身并不能和什么事情最终联系起来，可能就是有点诱惑人的样子而已。有可能这本身就是检察官的照片。我那个时候不就已经得到了我现在追踪的线索？

但照片可能还有另外一个中心。它肯定是从听众的角度拍摄的，所以照片上除了演讲人，还拍到一些前排听众的脖颈。这些细节不是指明着七十年代吗？演讲人的衬衫领口敞开着，外套翻领也是斜的，我不知道这是什么年代的服饰。就年代而言，更能透露信息的可能是最前排那个女人那种卷曲而蓬松的发式。那可能就是 L。她就不会坐在离开演讲人最近的位置吗？她的肩膀有点不舒服自然的样子，好像有点不高兴。是我说的话和她的看法有了什么矛盾吗？

产生这种怀疑让我感到恶心——夹着这张简报的信封原来是 L 寄来的。匿名的。但这样的话，对我怎么会失去她，寄来的东西并没有提供任何解释。即使可以把它看作某些更加根深蒂固的问题的症状，也无法解释，即使我愿意也自然无法查清楚。即使在我身上确实有很深的裂缝，我也看不到它。

令人恶心的是，如果确实是 L 给我寄来的剪报，她还匿名。这和我的思念所了解并告诉我的她的个性是不符合的。或者，她的意思是说，事情的关联对我应该是一清二楚显而易见的，是不言而喻的？很可疑。应该有更多的迹象，而不只是这样在纸上凸显的东西，就像模糊不清的盲文。天哪，反面呢，我怎么从来没想到看看反面呢？反面不是有铅笔写的很深而又发白的字迹吗："怎么能……如此软弱？"不对，我以前当然看到过这些字迹。我只是不记得而已。在开头的两个字后面有一个白色斑点，一个新鲜的空白表面。早先我肯定读过它，但在我身上现在已找不到痕迹了。"怎么能……"——后面该继续写什么呢？"怎么能和你这样的一起生活呢，如此软弱？"几乎不可能。这不可能是对报纸上的照片做的什么反应。剪报必定早了好多年了，早于我们的……我想说的是什么？早于"我们的分手"？她也像我一样无能为力地摸索过吗，没有了记忆，就试图把巨大的愤怒牵扯到某些明显的事情上？而她只找到这个来自过去的可怜的碎片？或者照片上我的表现只是范围更大的事物关联的一个迹象，但是我自己已经看不见了？"如此软弱？"我在哪个方面软弱了呢？照片上的人不是显得强硬而咄咄逼人嘛。饥饿的负罪感又开始摸索着我。她的话可能暗示对国家权力的某种让步，太唯唯诺诺，只准备看人家眼色行事，也是我自己以为人家期待我做出这种反应。是不是因此才参加了这种不明不白的调查过程？它的前提就是国家权力希望有这个过程。L到底知道多少？就因为纯粹的流言蜚语，她就把自己也投入到这无中生有的事情中来了吗？或者她能看到我看不到的东西？我需要的解释正向四面八方散去。

要是我能理解就好了，知道为什么我试图固定的每一个现象都会瓦解，为什么试图得到结论的尝试都会走向不同的方向。是不是因为过去的事情总是背着人抹掉？是不是因为我们缺少一种历史？好像我需要一个更大更广的背景联系，才能够读懂比如说放在桌上的这个信封上的文字。这种想法是荒诞的。但是我不能停下来，不能不去摸索对所有这些不确定性所有这些矛盾的一种解释，只要我把目光停留在什么东西上，只要我试图钉死某些东西，所有这些不确定性这些矛盾就会出现。这和健忘症在某种方式上还是有关系的。在这样的事物关联中，重建失忆的角色是困难的，而这困难本身就是失忆的一部分。

　　如果要对我贫乏可怜的材料刨根究底地搜索，倒还有一份文件是和罪责有关的，但不是涉及我的，而且它太古怪，几乎不能当作随便什么推理分析的根据。它是放在同一个信封里的，是半张A4纸那么大的纸片，也皱褶得不成样子，好像是揉成过一团，然后再铺平展开，又揉成团，又展开，一次又一次。此外它上面还有茶水甚至小便留下的一大块污迹。在这张纸片上只有一个词："叛徒！"如果笔迹没有留下非常确定的证据的话，完全可以把它当作一封匿名信，肯定是一个牢骚满腹的人写的，或者更准确地说，是一个脑子有毛病的人写的，为了进一步表示他的愤怒，居然还在纸上小便。可这笔迹是我的。是我自己想要把这奇怪的指控寄给什么人，但是显然抑制住了自己。这个污迹也就有了合理的解释。我肯定是醉得厉害，所以摔碎了杯子。不过，这是涉及到一种什么样的背信弃义的行为呢？我要抓住某种奸细吗？或者这是涉及到一件私人生活里的忘恩负义？如果不讲出什么范围，这个词就没有意义。

不过，让人莫名其妙的，并不在于我潦潦草草地写下这样的指控，目的也不清不楚。最奇怪的事情，是我还保留了这张纸。很明显，我一直犹豫不决，一次又一次把它揉成一团扔进废纸篓，又一次又一次捡回来展平，放回到我的手提箱里。是什么原因妨碍我现在扔掉它呢，就是说，在眼下这一刻？

还有一点也是奇怪的。在"叛徒！"这个词前后是加了引号的。谁要提出这种第二手的指控，或者是对选择这个词持有不同看法？一个学究。我注意到你屏住了呼吸。我感觉你在强迫我得出令人不快的结论。这个指控其实是对着我来的，而我把它写下来，沉思默想，或者是气得要死。可能因此还喝了一两杯烈酒。但是，谁会这样把我叫做"叛徒"呢？是一个匿名的写信人吗？那我肯定会保留他的信呀。是什么同事吗？那我在赶回家喝威斯忌之前就会把他忘得一干二净了。回家喝威斯忌。是 L 吗？

我的手自动地去抓住那张蓝色通信卡，生怕它还会添加什么内容，告诉我 L 不喜欢的是什么——我们不是已经谈过了这张卡了吗？就像人要从梦中醒过来的时候，觉得自己已经下了床，突然又发现自己还躺在床上。不对，我们**不可能**已经谈过这张卡。这些词是很令人痛苦的，所以我应该能记得。"如果你能先脱掉……然后再……"我知道了：如果我能先脱掉官僚的呆板的面具然后再说，别等到一切变得太晚。继续的文字就是："失落于……中……厌恶你"。是不是失落于所有我的文件档案之中？不对，那过分驯服柔顺。是不是失落于我的愚忠之中？也许吧。无论如何，她在我这里感受到的那个"厌恶"是足够清楚的了。

但是，如果一项荒唐的指控指向我，一项指控在我试图抓住它的时候又朝各个方向溜走，为什么它会比我这里的其他东西都更处于靶心的位置？为什么它正好就牵扯到我头上？

　　看看这本护照吧，看看它是否就不会驳斥每一条这样的说法，针对一个明明白白的收件人的说法。试图确认姓和名的那两行里像蚂蚁一样聚集了很多字母。我能够不时地瞥视到可能是我名字的某个部分，最清楚不过的是大写的 K，但是它们总是在所有其他名字中间消失掉，那些名字愿意挤到前面，让人能够读出来，那些名字会在那些纤细的蓝线之间弹跳。而出生日期和出生地点也同样如此。唯一固定不变的常数，相当固定的常数，是年份中两个最先的数字：19。在说明发色和身高的栏目里，也是同样的蚂蚁般的字母。在身高栏目里，我不时能认出 160 厘米或者 190 厘米。最后这个数字倒很符合我额头上的那个大肿块——我就是这么一个人，因为身体高大不时会在一扇较矮的门上撞了脑袋，又要贴上一大块橡皮膏，就像现在这种样子。有关性别，打的叉叉也是一动不动地停留在男性的栏框内，在另外那个栏框上面只有些个别小点的跳跃。护照上最安宁的是那张小小的彩色照片：披着一束头发的额骨，脸颊，谦和地微笑着的嘴唇，只要在这块碎片里能尽量笑得好看。其他面孔的混杂是慎重的。这是可以理解的——如果这本护照现在就是属于我的话。我的外表是比较平常的。没人能从一张照片上认出我来。我的脸已经包括了很多其他人的脸。但是身份不足以说明一种罪责。让人恐怖的自然规律能把每个回答都转换成很多回答，这一次对我的事情可是很有利的。这本护照拒绝提供清楚的线索，也就免除了我的罪责。

不过，瞧瞧这里吧！这两份文件互相搞混了，像要进入这本护照里，好像是被召来提供帮助的，它们要说明的可远不止于此。它们并不停留在因为证据不足而释放我就完事了。它们还为我的无辜辩解。

其中一份文件是张集体照。是一个团体在郊外野游时的照片。照片已经发白到了要费九牛二虎之力才能分辨出人的样子。照片中间站了一个高个子的人，在一侧的太阳穴上有一个铅笔打的叉。某些脸上的线条表明那是我，而打的叉在某种程度上确认这样的一种可能性。从其他方面来看，这个团体给我似曾相识的样子但并不强烈，大多数人我一无所知。这些人是根据某些老式的规则分组的，站在一个较老的房子前面，样子能让人联想到俄罗斯十九世纪的建筑风格。明亮的树冠看上去也像是变白的文字，出自某些失去了的东西。如果不是人们的衣服和发式还显得现代时髦的话，那么你会觉得这是一张有百年历史的老照片了。郊游的原因暂时是不确定的吧，随便你怎么去想都行。但是，这里就需要看第二份文件，它为我们提供了一个切入的视角或解决问题的方式。这份文件也是用一个回形针和照片夹在一起的。这是一封我肯定给你看过的信件，因为它是我身份的一个部分，证明是我建立了这个单位，总干事长——或者叫内阁大臣？——提到的当然是"一个非同寻常的管理性举措"等等。借了它的光，那张照片就更加清楚了。照片展示的正是我那个部门的郊游。而这么多面孔我都不认识，也就可以理解了。人们带了自己的配偶，或者同居者，因此展示的不仅是他们不为人知的面孔，而且同时还有个人生活里不为人知的方方面面。现在还能看到，我们的工作如何在休假之中被拖延下来了。在这群人的头上好像有一群苍蝇在飞：人们有种种想法，想着远方的办公桌上仍未完成的文件，想着那些远远地嗡嗡响着的电话，想着大众对从来不来也不会来的信息议论纷纷吵吵闹闹焦急不安。在照片上也绷紧着社会等级之间的紧张关系，就是在星期五晚上的民主中也坚持不变。

这张集体照肯定能让我摆脱所有说我参与了牵连我们大家的破坏活动的指控。在这张照片里，人们站立的队形整齐统一，而我站在最后排的中间，是对我一点小小的还在摸索中的信任，一种含羞的但热情的忠诚，而且几乎像童子军一般，时刻准备效力。这个单位——尽管有外来的因素——正如焊接完美的整体，团结在我的周围，如果有什么空子可钻，还可以咒骂什么人"叛徒"的话，那这种团结的样子真是不可想象的。

我突然想到，L 自然也会在这张和谐的照片上——因此，那种可怕的指控不可能是从她那里来的。只是没有可能性去把她认出来。在我的一边站着一个女人，但是她紧挨着一个小小的年轻男人，几乎把自己交织在对那个男人的像一堆棉花糖那样闪光的爱意之中。在我的另一边，是这个群体中的一个空当。奇怪，看起来好像这个集体里有好几个人都想溜到我旁边这个白色空当里来，又犹豫不决，是的，几乎是惊慌失措沮丧不已，好像突然又发生了什么事情，或者好像这个集体里有什么人本**应该**站在那里现在却没有站，这种不守纪律的行为扰乱了内部的秩序。这张照片可能就是在 L 刚刚离开我的时候拍的。如果是这种情况，人们的目光中流露出来有点吃惊的那种样子，是因为他们这个晚上才听到这件事情。但也有可能是因为 L 要逗弄我，或者因为对我生气，故意避开了我——事实上这是更可信的。她可能就是前排右边那个比较黝黑的女人。或者更可能是另一边最后面的那个很有光彩的女人，她的眉宇之间有一点愤怒的样子。那些感到困惑的人就都盯着那个空出来的地方，在所有忠实的名义下，那本来是**她应该**站的地方。

在这张照片里有个明显的特点，就是很多人的相貌之间能追踪到相同点。在多数情况下，可以解释为来的配偶们互相比较像，因为他们一起生活了很多年，已经落入了各自的面部表情中，定居在各自的微笑之中，面对生活的种种诡计，淹没在互相的怨恨中。但是相同点也延伸到一对对配偶的结合之外。延伸到那些在同一部门长期一起工作的人，他们敢于深入到各自的生活里，在很多年里见面出自真心互相点头示意而非客套，互相感到安全，能面对外界越来越多的愚蠢。就像那封信一样，有关他们的工作任务的性质，这照片并不能揭示什么。各项活动的内容总是那样模糊不清。真正存在的是一个结构，由合作、功能和效率建立起来。这张照片事实上是最好的证明，我无论如何还能把我建立的这个部门团结在一起。不论失忆多么普遍，不论回家和上班的道路多么复杂和让人困惑，身体里的记忆，总是能引导这伙人回到那个地方，那个经过很多年共同生活同事们越来越相像的地方。

我想，我可以再给自己鼓起一点勇气。这个同事圈子毕竟还是一种实力，一种结构，能支撑你正在四分五裂的个性，让各个部分保持在位。你会看到，我这个手提箱里保存的那些碎片，不管怎么样，都有可能是重建我那个世界的真正要紧的部分。

此外，这张集体照片里还潜藏着更多的一种论据，能洗清我的罪责：效率。在照片上的那些人中间，有一种暂时被延缓的急躁，反映的是你在这个楼里到处能看到的那种几乎狂热的工作状态。这种紧张的工作状态是一种象征——实用主义的象征，如果你愿意那么看的话——象征的是我和我的同事们的无辜。一项这么重大的事情，是不会建立在欺诈的基础上的。

我这么说，并不是强调我们这个楼里的工作活动应该提高到冲突之上的——怎么可能做得到呢？完全自然地，在我们的力量发展中，有很强的茫然的成分。在这扇门朝里这一面，有一张报纸上剪下来的玩笑漫画，画的是一个船长给自己的轮船公司打电报："Completely lost but making good speed（完全失去方向但速度很快）。"这样的故事不能让我发笑。

但是，我们也不谈这种事。我不愿意去问我隔壁房间里的同事我要做什么工作，我在眼下这种情况下有什么工作任务。即使我能看到，他们也处在相同的境地，也愿意来问问我，在整个这摊子事情中间，他们到底扮演什么角色，这件事还是那么令人难堪，所以能放下不管最好。那种强烈的感觉——不论是否正当——那种成了吹牛诈骗的骗子的感觉，让我止步不前。好像去问这个问题本身就会暴露出我是一个吹牛诈骗的人，不是从正门而是从房顶或者通过后门进入这个楼的，一个混混儿，披着同一件外衣扮演一大堆不同的角色，在人们盯住他看的时刻，就立刻逃之夭夭，又能摇身多变。

但这只是我们的工作中的矛盾的一个方面。我在摸索一个更加全面概括的迹象——找到那些堂表兄弟。对了，这里是所有这些亲戚和党员的名单，他们挤进了这个头衔系统的所有级别，都是些没有什么大学学历或者其他特别资历的人，但他们是这个系统里的领导人物的孩子，或者与领导人物有其他形式的关系。就是这种堂表兄弟在这个楼里成群结队串来串去，着急地绕过对方，互相玩捉迷藏的游戏，所有这些从不间断的踩人、踩人、踩人其实都是他们要负责的。如果我突然打开门，他们就会有一大堆人翻着筋斗进入我的房间，也许有几个人还会搭起一个马戏团那样的人梯，互相站在对方的肩膀或膝盖上。如果我发现他们中间有两个正在我的书架上睡觉，还把一个文件夹当作枕头，我也一点都不会惊奇。

别误解我。我不是那种势利鬼，对没有毕业文凭的或者现在人们要的什么证书的人会看不起嗤之以鼻。人的能力完全是另一码事。不，我要找的是别的，是我正在说的自然系统和属于这个系统的那些实际条件之间的矛盾。人在一种急迫的状态下，会倒退到不管怎么样已经建立好的造句法上，至少在眼下先把自己的工作和熟悉的面孔连接起来，尤其是要连接那些有血缘关系的人，这本身是可以理解的。这样做的目的还是要给那些无形的活动提供更大的稳定性。从权力的角度来看，那些出于政治原因而聘任的官员身上有一种特别的价值，从多种迹象来判断，他们已经把自己混入到我的工作任务中来了。我这里实际上还有一份文件，是有关这件事情的。权力当局的传统代表们对我们普通公务员们会说"让民主出局吧"；内阁大员自己的"专家们"会从旁边进入，要把一切都扭转到"人民意愿的方向"。

但这是站不住脚的。这种"专家们"的想法就已经是很荒唐的。他们跨入的其实是一种决策过程，又像内阁大员本人一样心不在焉地眨巴眼睛。他们用自己野心勃勃的搪瓷眼睛凝视着，他们的意识形态模式就画在他们凹进去的眼睛内侧。这是绕道而行控制内阁的一种尝试，可同样的摸索就找不到现实，同样的眨巴的眼神，完全知道这一切本来**应该**是什么样子。

然而，有决定性的，对那些平庸的堂表兄弟和那些更特殊的出于政治原因聘任的官员都提出疑问的，自然是他们无论什么样的联系都维护不了的可能性。这一刻你刚把当作自己孩子的人，或者是政治伙伴，开闸放进自己的工作范围里。到了下一刻，这个相关的人就已经从你视野里消失了，这样你就能很快把这件事完全忘掉了。只有他或她在斜穿过你的时候，你还能感觉到一点刺痛。全部都是一种悲惨的尝试，为了安全和稳定，为了控制住混乱——而正是这种野心反而助长了混乱。匿名的堂表兄弟是这种矛盾的一个迹象。

同时，这种没有面孔又挤满人的头衔系统本身是戏剧性辩论的基础，是我们时时刻刻能等着看到的好戏。就是现在，此时此刻，沿着这条走廊，我也能嗅到这种等待好戏出场的味道。随便哪一分钟，都会有这样一个精力充沛大约在中年某个阶段的男人，获得了立足之地，就跳了出来，凌驾于规则、实践和领导之上——也许是靠一次被临时认为至关重要的快速调查的力量——于是在某个下午就成为这个国家的独裁者，而在同一天晚上的电视评论中成为女人们心目中新的英雄，身上的毛也不多不少正好。到了下一个早晨，他又被保安人员在门口挡住，因为他们并不认识他，对他声称的身份报以双倍的嘲笑。

你等着我说到这件事情上来，完全正当。这个堂表兄弟的迹象也会针对我提出质问："你自己又如何？"我现在不想纠缠什么身份问题。"你是谁"这个问题不会引起我的兴趣。事实上我不相信它曾经让我有过兴趣。我是非常就事论事的。我的意思是说，你进入了你的终身事业，你就成为和它不可分开的人了。我的脸面——在我还有脸面的程度上——存在于我的行动中和我的搜寻中，你看不见，但是它是存在的。

不，问题在于，有关我的工作，有关那些能显示我工作贡献的评估，有关已经成为我的生活的这种寻找，这个迹象能说些什么。我不能肯定它能说明多少。我大概最像是一个有点老式气派的军官，又带着一个公务员的理想，而我对这种理想其实已经毫无记忆，虽然我还是带在自己身上——这种理想刚才还表现在我面对裙带关系的保留态度中，表现在面对那些失忆英雄的厌恶，他们在一个下午就当上了独裁者，就会凌驾于现有的法规和严格的实践之上。这个问题暗示的其实最主要的就是我这块木材已经老朽腐烂了。这里可能有一点道理。堂表兄弟实际上通过我发送出一种思念的兴奋；我其实自己也愿意我家的孩子围绕在我的身边工作，作为我的助手，好像是一次必要的甚至也可能是吐故纳新的催化剂。难道我还会犹豫不决而不把他们悄悄弄到我的工作项目中来吗？在堂表兄弟的迹象中，我发现我自己也倾向于谅解所有这些踩人，这些越权的践踏，所有这些小小的弄虚作假，所有这些国家权力允许的半撒谎半吹牛，起初也许是因为考虑到有效率的工作成果，但很快就看到了对自己的好处。我突然明白，我自己也是在一场弄虚作假之中——我在最好的上班时间做这种私人的寻找，不是弄虚作假是什么呢？是不是我自己实际上就牵涉进了可疑的事情，只是我不记得，而且也不愿意去记忆？

功能划分！当我的意识里还有一部分还在以最讲良心的方式承担我的责任的时候，我的另一部分意识可能徘徊在昏暗不明的小路上。在这种情况下，不算是双重道德。

还不如说这是一个更好的范例，说明我们这个社会的精神裂痕。左手完全不知道右手干什么，同样道理，在同一个政府部门里，某个单位也没有可能知道其他单位发生了什么事情。如果有什么方式能跨越这些裂纹该多好！在某种程度上，这种分裂症是和失忆有关系的。我只是没这种智慧，知道该怎么做。

不，这是一种简单化。就最普遍的情况来看，我可能不仅仅是分裂的或自相矛盾的。我也是难以捉摸的，模棱两可的，漂移不定的，因为我让人们的目光正好朝向我。我们别自以为是，别以为我们能给自己或者我们的工作下什么定义。

还剩下什么？非常明确，也非常简单，但并不因此而容易让人理解——这根铁管，和很多文件混在一起放在手提箱比较大的储夹里的铁管。难道它不是有关这个假定罪行的决定性的指证之一吗？这个罪行固执地停留在边缘，但只要你一把目光固定在它上面，它就会分散开，分散到不合情理的状态中。但是这根铁管事实上不能和这件事情随便扯上什么关系。它只是碰巧混在了这堆文件里，并在一些文件上留下了锈斑，这些文件大概在这件事情里也是有点关系的。不对，这根铁管是我今天早上在我家厨房间里拧下来的，这才合乎情理。我当然是要把它送到管道公司去，为了配上一个口径合适的龙头。我能设想，大部分我这类的人在业余时间里不得不做木匠、油漆工和水管工的活。这张写着蛋壳色和沙色之间的一种油漆屈光指数的纸条，是这种生活现实的一部分证明。

　　对了，我自然已经关掉了楼房里的水管总开关。老天爷，我明白你在想什么！在不耐烦地等待几个小时之后，有人会下楼到地下室去，又打开了水管总开关。我厨房里那个拧开着的水管就会喷出水来。我必须立刻……可是，哪个厨房，哪个家呢，所有这些可能对的或不可能对的地址里面，到底是哪个地址呢？我只知道，这事情非常紧急。

　　但我到底为什么要修理水龙头呢？这不是那些房产管理人的工作吗？当然，除非我住在我自己买了居住权的房子里。而反过来说，这又是不太可能的，因为我这种流浪汉一样的生存状态排除掉了这样大的经济投资。这是不对头的。它就是不对头。

　　忘掉它吧，你的沉默是在对我这么说。我其实什么别的事情都没做。在我周围，空白的表面正在扩大。

　　但是，这该死的铁管子既有一切意义，又毫无意义，不管怎样我已经把它从管架上拿出来了，但又不记得是为了什么事。我完全有能力从上面拔掉最重要的一部分，从它的……不，要点不在这里。我完全有能力把事情的关联都放在旁边先不考虑……而且相信我依然能够处理好剩下来的细节。是不是我甚至有能力参与取消历史？只是我不理解这个词是什么意思。

这根奇怪的铁管在任何情况下都不能脱离开它的环境孤立起来讨论。它正试图让我牢牢记住，内容是根据事情的相互关联决定的。确实是这样的吗？那么，当下的存在就不是我们自己乐意确定的自由的出发点。恰恰相反。当下其实是一个农民的乡村，一个外省的地方，只有从它在一个更大王国中的位置出发，才能理解。那个古老的词"历史"要说明的不就是这个吗？

我不是还有张旧的学校成绩单在这里吗？它应该能在词源学上对我有所帮助。"社会科学历史：A"。这个资讯立刻要求**它的**上下文关联。首先是这个附加的全班学习成绩的概览，一个基本的统计，意图显示登记内容中的独特之处。但是成绩要人注意到的首先是表格之外的框架。所有努力学习的动机是什么？在这种能力培养中，几乎没有什么事业心的气息。看来更像是一个不可控制的好奇心的问题，一种今天几乎无人理解的对知识的渴望，或者知识的扩展，是的，甚至可以说是有点让人不舒服的。但是，在这样的表现里，同时还有一种可观的完成义务的因素，有一种让人感到苦恼的雄心，要针对一系列并非特定的要求来控制所有的活力，显然是靠很大的权威性来制订的，只是对什么是正确的并不熟知。模糊不清。

但是这份成绩单还有一个更加直接的上下文。这个发暗的边缘显示它曾经折叠过，夹在一个可能有点小的本子里，可能就是这个笔记本，对，它正好可以放到这个带红边的小小的黑色笔记本里。它的扉页上写着：梦想的本子。这里有很多对未来的承诺；其实还只是起步而已。这个本子从一个梦想开始，然后继续记录着零星散乱的笔记，显然是各种极为不同的题目。但这个唯一的梦想向我报告了一种感觉，既是解释同时又是窒息的感觉。这肯定是在高中毕业后的那年或数年之后写的笔记：

"梦见我又回到了教室。高四班全班学生都像过去那样坐在长凳上，只是年纪都大了点。显然有人刚向我们解释过，有一间教室要空着，因此不得不取消上一学年学生的考试，把他们召回来重新上最后这个学年的课。我们坐在那里，有学医的，有学法律的，有学理工的，还有士官生等等，都在对命运的打击发牢骚，但对其中的逻辑都没有表示疑问。一间教室当然不应该是空的。有一个老师走上讲台，面孔长得有点像个大猩猩，搓着手对我们说话，说得很慢，带着慈爱的责备口气：'我们现在要找出点什么话来问问克尔维尔，看看他是否真的能保住他的高分成绩？'

围绕那些被遣返的高四学生的粉尘气味是浓厚的。尽管没有任何人站在黑板前面，还是有粉尘气味和粉笔持续不断吱吱响的声音。我从来没料到，我会如此仇恨这所学校。"

我自然不记得这个梦了，但是还有强烈的似曾相识的感觉。不，不是这个梦让我似曾相识，而是其中的暗示我很熟悉。它暗示着，我们的行政管理就是这样形成的：一系列空的教室用来指导我们的活动。一种多么狡诈的指责！如果没有为了我们的躁动不安而深思熟虑充分周到地准备好的模块，我们就会迷失在混乱之中。

然而，有一种更加强烈的不快的感觉过了一会儿就出现了，就好像你先在嘴里塞了一大块嚼烟，嚼了几秒钟之后那种冲击感才会出现。这个梦的真正讯息和今天的社会没有什么关系，起码没有直接的关系。它关系到的事情是由这段笔记最后的攻击性来暗示的。但是，那种仇恨是指向哪个地址的呢？好像这所学校只是一个历史的迹象，是一个监狱或者一个劳改工厂，它要把你留用在你本来已经离开的地方，强迫你满足那些荒唐的要求，要求你有高度优良的表现，就和过去某种不相干的情况下你的表现一样。历史一度曾经是这个男孩的巨大兴趣，现在成了要求

133

苛刻的噩梦，还抓住他不放。他准备走多远的路，才能够醒悟过来呢？

有可能我对这段古怪的笔记有些小题大做。这段笔记所揭示的，在任何情况下，都是一种对那所老学校的非理性仇恨，这种仇恨我早已没什么感觉了，而且出现在一个还被人当作某种教育官僚的人身上，也是让人吃惊的。

也许我们再也不会有什么进展了。我不认为，继续这种概念练习会有什么收获。我也不能想象，在我这方面有什么直接责任——对我这些指控的基础很明显，是由于我也**可能**置身于那些有罪责的人当中。但是，这也不能排除我只是在场见证了这个把失忆拉到了我们身上到了如此程度的命运攸关的审理过程——而我没有去介入，没有做我职权范围内能做的一切事情去制止这场灾难，很简单，就是因为我并不理解这种危险。

理解？这个词横在我的嘴里，能把我的上颚割裂。它甚至不愿意站在我这边，为我洗清罪责。好像这次调查想带我走得更远一点。对了，我可能是应该理解的，但是有一种力量比我的见解更加强大。肯定不存在对这点做出什么规定的文件；一般来说，也不可能有什么外来的命令。完全没有必要。我身上的忠诚是很敏锐的，它知道人们对我有什么期待。我可能理解他们，但更知道我该做的是什么。不该做的是什么。人们责备我的是不是就是我的忠诚？因为这样的原因，这个世界就足够荒诞了。但是我坚持我的事实上的清白无辜。

不管怎么样，这根该死的铁管已经毁掉了我的一本不可缺少的日历簿。瞧瞧这个！不仅把页面都搞乱了，而且把黑墨水都溶化开了，很大一部分字迹被弄得读不出来了。在贴着管子打开的那一页上，只有一两行字还能辨认。"完成"这个词是可以读出来的——某些我参加的较大项目显然已经完成了。然后，在某个星期五的时间数字上面的栏目里，好像是一条备忘录，写着："了解一下工作文件是否能扔掉。"奇怪。以我的地位，这样的问题应该是人家来问我的。对于什么文件应该保存，自然还有详细的规定。我只是对这些规定都记不住了。甚至不知道在哪里能找到里面放了有关说明的文件夹。难道这个调查过程已经有这么大的进展，而我缺少了基本的立场？或者是这些工作文件应该有一个特殊的地位？应该不会。很可能是我已经扔掉了这些文件，但是一两份这样的文件自然可以保留下来，大致就像我的手提箱里的剩余文件——

我一定是沉默不语坐了很长时间了。我感觉得到，当我迷失在这空虚之中，你是怎么样紧张地观察我。我这个临时的世界已经分崩离析。你必定早就看清楚了这件事情的前因后果，也许尝试过让我注意到这一点。我只是过于关注自己的事情，没有理解你给我的审慎的信号。你理解这点有多长时间了？多长时间前你就已经知道，我的调查已经结束了很多年了？还知道我是无力地在我陈旧的线索里慢慢兜圈子，而我自己还没有注意到这一点？甚至我的报告都可能已经在这个调查过程中起了作用，也参与了这个过程，而且帮助促成了这种状态——

不对，等一等。我可能还是太急于把自己投入到另一个极端。那些日历簿上涂抹的污迹确实证明了一项很久前就已经结束的工作任务，但是其他的迹象——例如你的来访——又清楚说明一项依然还在进行之中的调查。还有一个更接近的解释——这涉及到不同的调查。但是，我像处在拧得越来越紧的螺丝的压力之下，感到那是别的什么，是一些不太舒服的事情，而我应该理解。这项调查很久之前就已经结束了，同时它又一边在接近它的完成，同时又处在完全绝望的境地，同时又被搁置起来，同时又好像从来就没有过什么调查任务。所有这些不同选择都是无可争议的。我被迫同时向所有这些方向前进，就像古代什么刑场上的五马分尸，而乌鸦们就在二十米开外的地方等待着分食。没有过去的事情，个别的事情就无法提供任何明确的解释。我开始设想，所谓历史就是使得种种迹象有可能说得清楚。

带着突然的羞耻感，我注意到，在我头脑里游荡的这个问题其实和这项调查出乎意料的崩溃没什么关系，或者和帮助我找到 L 的材料都消解在不确定之中的那种结果也没什么关系。那些以完全非理性的方式占据我的思想的，是我怎么依然可以坐在这里，为这样一件调查任务耗费心力时间，毕竟我要考虑到我无论如何还占据的这个高级位置。这类的秘书工作不是更适合那些年轻一点而雄心勃勃要干番事业的男人，那些正好爬到晋身阶梯大约一半的男人吗？这就好像我在同一时刻，生活在不同的人生时代。

还有什么更多的事情可说吗？我不是最终被关闭在关于那个唯一的我还真正关心的人的所有信息之外了吗？也许不是。每次我试图抓住她的样子，它们就分化成许多人的样子，每次我试图记住她的声音，就出现一阵模糊不清的各种声音的嘈杂噪音。但是这种多样复杂性并不仅仅是一种失败——它也是她的名字中分散开的字母。这些多样的面容，这些混乱中还散发汗水光泽的身体碎片，这些朝四面八方分散的声音——它们合在一起，为她构成了扩散的迹象。那些沿着外面的人行道朝不同方向快速走去的女人脚步就是**她的脚步**——一阵爱情的霰弹雨穿过了我的全身。在外面的走廊里有些散开的半裸体的笑声，是来自一个遥远国度的没有仔细加密的通知，一个能让我的嘴唇变得极度僵硬的微笑的讯息。在这样的创作中，我到处都能读到她的被人挪用的样子。

读到，是的。但是，有什么办法能接近她哪怕是一公分吗？或者至少有一种办法，能把某种信号送到她那里？没有更多的路可以尝试吗？

不会没有吧，也许还是有的。还有类似祈祷的办法，或者是赌咒发誓。在行政管理的骨髓里，我感到最重要的归根结底并不是那么困难的诊断，而是口头上介入那基本不可接近的现实。政治的和行政管理的语言是所有工具中最好的工具，能够像念咒那样呼唤出我们的困境的变化。这套成语里的中心点自然是象征性的行动，能把它们的效力从演绎这套成语的这个贴近的明显有形的空间远远传播出去，传到那些无法把握的地方。

我试图回忆那个应当算是我们这个国家天字头一号的寓言，那个有关失去的儿子的寓言。它能展示这一切都是怎么回事。我要回忆，这个寓言现在列在宪法的开头，但是有一种古老的调子，听起来就觉得它可能是从古老的乡村法规转引过来的。它的内容大致如下：

父亲准备杀掉那条养得膘肥体壮的小牛——那是留在家里的优秀的大儿子自己想要的，因此大儿子带着不安的良心唉声叹气。父亲只要等到那个在外胡混的小儿子一在大门口出现，就要下令杀牛。但是那个混蛋却不回家，现在的问题就是要远距离地让他变好，当然也可以叫做"浪子回头回心转意"。正是出于这个目的，这个好农民想尽一切办法来折磨他那个勤劳能干留在家里的大儿子；通过以不同方式来惩罚和抑制这个老实巴交而又有点温顺的后代，来象征他把全部改造力量都放在了那个浪荡但无论如何更有意思的小儿子身上，而小儿子以地理和感情的手段，逃避了一场更明显的争辩。

好吧，我用不着进入这个故事在不同领域的所有具体的应用——这些你和我一样知道得很清楚，或者我可以这么说：这些你和我一样有效地把它们全忘记了吗？对我来说，故事的要点是这种延长了的语言使得我有可能在一项任务中继续前进，这项任务通过带我穿过那些文件而逃往四面八方各个方向，而这些文件大概还停留在可触及的范围内，通过抓住我实际上还能触及到的那个人，就能使我伸向我不能触及到的她。

因此我认为，把晚上我对婚姻关系的尝试只看作某种色情的尸体检验，我们只是互相在对方身上里里外外翻来覆去，检查神经的走向和血管的分布，希望能够借此认识我们失去的那一半，这是完全错误的。我们互相把对方撕开，透过对方的身体用鼻子嗅着气味，这都是真的。但是我们同时通过对方并在对方的帮助之下延伸着我们自己，朝向我们用其他方式不可能达到的目标。我们的嘴唇跟随着颈子的线条，舌头从骨盆向下到大腿分叉处拉开一道切口，这不仅是为了重新得到什么熟悉的东西——为了记下自己可能只会越来越大的失望；这是个有关情书的问题，写在这个陌生的身体上，写给一个在你能达到范围之外的人，在你的每一下抚摸，是的，也是每一声呼喊都达不到的地方，一封同时又足够绝望的情书，因为目的地实在太遥远了，只好在眼前的皮肤上成为唤起欢愉情感的文字。所以，我和我的临时妻子上床，通过和她做爱是为了能走出去，走向我不能触及到不能抓住的她，我的嘴唇就贴在她耳边低语着有遥远地址的词语，那是不用多说她**必须**理解的词语。这词语是有的，这种方法是存在的，我们已经试验过了。文件、争辩、结论，一切都消解在矛盾中，消解在模棱两可中，消解在背信弃义中。但是这种象征性的抚摸，这种遥远的接近，这种对着低语之墙的低语，这些都存在。

在延迟了几分钟之后，我明白了我实际上说的是什么——而且能拯救我自己，也许是在最后的关头，把我从一个巨大的误解中救出来。我说到了那个忠实地留在家里的儿子，他得到了所有的惩罚和打击，因为这些惩罚和打击无法达到那个有罪的浪子身上，就落到他头上。天哪，我可能就是这样一个替罪羊。我可能就是那个无可指摘的大儿子，总是留在现场，而所有那些奎士林和奸细们都逃进了失忆的众多叠缝中躲藏起来。地狱可能把一个无辜的人关进去，就因为它不能找到真正的罪犯。

译注：

　　奎士林（Quisling）是第二次世界大战中德国占领挪威时的挪威傀儡政府首脑，后成为民族奸细的代号。

是的，确实还有一本护照，但在我们这件事情的关联里是完全不会让你感兴趣的。在我刚才说到的事情里甚至还是一种污染。你不在听吗？而且这本护照早在几十年前就注销了。它和 L 也没有任何关系，是她的时代之前很久的事。那你怎么还能相信它有什么重要性呢？唯一可以说说的是，这本护照属于一个女人，可能是我的第一个太太，是 1955 年在斯德哥尔摩颁发的，合理地推论，是在十年之后发另一本新护照时注销的。它什么都说明不了。姓名已经被擦掉了，照片上的面容也同样。不是由于注销方法，而是由于在愤怒中或者战栗的苦闷忧郁中的破坏，在损毁的照片上，只能朦胧地可见一绺半长的头发。"浅黄色"，护照上这么写着；没有其他颜色愿意混杂到这种匿名之中。眼睛的颜色未知。在填写这些的地方，有人用笔反反复复地划过，划破了纸。在护照上也没有多少出入境戳记。第一个戳记是意大利，1955 年。这可能是一次蜜月旅行。照此看来，这次婚姻应该有十年之久，因为这本注销的护照还保存在我这里。如果这确实是我的前妻的护照。无论如何，这本护照的样子说明，这次婚姻是灾难性的，它记录了一个你事后只想赶紧跳过去的十年。在这幅生活图像中幸亏没有孩子。自然没有在护照里附带任何孩子的信息——时间还太早。但是在我的材料里也没有其他任何迹象，没有什么抚养费收据，没有什么字体笨拙的孩子写的信件和什么图画，画着那小小的房子和小小的丫头。有那么点不育症的气息，能告诉我从来没有过孩子。这是一个已经结束的、再也不相关的章节。

　　你真固执啊！这本让人陌生的护照总的来说只有在一点上还能让人感兴趣——它为什么能在我的手里？如果它和我们刚才进入的事情有这样的关系，就是说我曾经把手提箱忘记在我很多个"家"的其中一个"家"里，只救出了那些还在衣兜里和上班的办公室几个抽屉里的剩余材料，到底为什么我还会有这本毫不相干的护照？这绝对不是什么你需要带着的东西，或者是非要抢救出来的重要的东西。相反，我根本就不想知道这个护照所代表的那个时代！我是不是有一次还找到过我的家——我的真正的家——而且还暂时能收存更多的文件，也许还见过……？
不，这是不可想象的。在这种情况下我首先要做的一定是
记下地址，而且不论发生什么事都会保留住这张纸。在最
不可能的情况下我才会找出这本老护照。会不会是从我的
某个临时地址之一寄给我的，因为我忘记在那里了？一本
注销的护照？几乎不可能。而且，又是往哪个地址寄出这
本护照呢？不会的，结论是清楚的。我根本不曾丢失过我
的手提箱。我有太多的毫无关系的材料，这样一种万一发
生的情况几乎是不可能的。从另一方面来看，眼前这个手
提箱还比较新。而日历簿也是几个星期前才开始记的——
之前的日期全是空白页。这里有一个本质上的矛盾，一个
我无法填平的非理性的鸿沟。自然如此。

我相信，在任何情况下，至少在这点上，我们可以把
这份材料除掉。这本护照可以立刻被扔进废纸篓而不会有
什么问题。我只需要把它剪碎。你能递给我……等一等！
一个完全不同的面孔，突然在一刹那间，在护照的黑皮封
面之间翻动的页面中像火光闪现，只是太迅速了，我来不
及分辨出它是什么样子，但是它给人的印象是很独立的，
不同寻常的镇静，有点害羞，而又坚定自持。显然，是和
护照上的这个人个性完全不同的。就像你长时间凝视一张
黑白照片之后，当你转开眼睛时会看到的一个对照图像。

144

而与这种确定性一起出现的是：孩子们，我们共同的孩子，相当清楚的是有一个女孩，可能还有一个男孩。带着矛盾的力量，这种麻木无情的文件给我提供了一种重大的信息，既是有关 L 的，也是有关我和她的孩子的，而我对这份文件没有提出什么质疑。我曾经认真地看过这本护照吗？也许这就是要点？我想，现在我理解了刚才你为什么那么固执。我的出发点是这本护照不会让人感兴趣，而我让积存的旧怨控制了我。唯一能接受的立足点是，你不能知道。

我们刚才不是谈过这些吗？我们是不是断定，正是想要把事情精确化的企图，反而增加了不确定性？好像要战胜失忆的努力本身，把没有气味的苍白拉向了我们自己？而语言还来帮倒忙，正是我用的这种工具，加深了我的迷茫。

只有通过不把事情固定下来的方式，我们才能看得见——不是这样吗？就像在黑暗中看东西时，你得看你要分辨的东西的旁边才行。我刚刚是不是说过，我已经找不到孩子们的任何踪迹？显然我还可能忘记了这幅图画。记忆的背信弃义真是没有限度的。这张纸必定还是我拥有的最个人化的文件。但是我忽略了它，也许正是由于这个原因，才会出现这种回答。

在这幅图画上出现了几个用圈或线表示头或四肢的人物，画的人物如此简单，即使在你的目光召唤下的这种迷惑人的线条游戏中也能有所区别。感觉是四个人，是用蜡笔画的，曾经应该是绿色或深蓝色的。三个人物中有两个大一点，显然是表示父母。他们正走在互相分开的路上。他们的下巴下有巨大的腿。第三个是个子小一点的人物，但头很大，有长而舒展的头发，显然是大姐姐。从这三个人中又分出一个用深蓝色描画出的一个小的用圈或线表示头或四肢的人物；这一定是画这幅画的人了。在旁边写了字，从所有情况来判断，是一只陌生的手用笔写的："给爸爸"。原则上我不能排除这幅画是给别人的，而不是给我的，但是这几乎不太可能。一份这样的文件我肯定会抓住不放的。

但没有信件，没有照片，甚至没有什么交了抚养费的收据——我们不是谈过这件事情的吗？我肯定是到处询问过的，到处写信去问，但没有任何消息，或者正好通过我的事情而得到消息，它又朝不同方向挣脱开去了。

糟糕的是这些孩子，当我晚上下班回到"家"见到的孩子，肯定有时碰到过我，朝我投来过犹豫不决的试探的一眼，有时根本就不在乎我，在那些孩子里有时候会有我自己的孩子，而我自己不认识他们，或者他们也不知道我就是他们的生父。

不，最糟糕的事情不是我可能碰到过他们而他们却不认识我。最糟糕的事情是我不能为他们做什么。他们的日子可能过得不好。不是物质上的不好，在这个国家，几乎不会有这种问题，但他们可能会被人用可怕的好意摆布，被剪下来又贴过去，搅到我本来可能阻止的什么事里。毫无疑问，他们缺少一种持久的人际联系。他们也许面对着虚空说话，却没有人能体会他们的情感。也许是在具体意义上他们过得不好，没有人关心他们有什么缺什么。上体育课的运动鞋破了，冬天到来的时候没有羊毛衫。知道他们就在外面的什么地方，但我无法找到他们，帮助他们。这种绝望巨大得就像——

是的，我一直在想着 L。而这只是同一件事情的两面。要是我还能知道孩子们和她在一起就好了。但是我没有理由相信这一点。她可能找过他们——还找过我——到处寻找，眼神询问的目光和嘴唇嚅动中探究的口气总是迟迟不能消失，而从来不会变得确定。我们已经不会再认识对方。我们只会仔细地打量和追踪对方的相貌，在每次特别的关注中——下巴、鼻孔、眉毛——越来越肯定对方是一个陌生人。而在这个晚上，孩子们不过是临时凑巧在我们身旁经过。有点相似性，是的——但并不是**这些**睁大了的眼睛，不是**这**只无精打采地举起来的手——

我担心，我的焦虑不安是有道理的，是在我自己的悲惨境地之外的。如果真是这样，那么每次我努力想固定住那些我还用得上的对 L 的记忆残余，都反而会增加不确定性，而同样的法则也会适用于我的工作，是的，基本上就是适用于我们的生存状态。这次调查企图确定有关我们粗心地叫做失忆的现象的前提和性质，它必定只会以相应的方式增加困惑。我不得不制定一种策略，这样我倒会让真相大吃一惊——是的，我毫不羞耻地出卖真相——通过一个绕道而行的动作，而不用把目光固定在这上面。

我的目光在这幅画上停留太久了吗？我不知道。但是这幅画有些不对，除了那些线条是互相重叠的，四分五裂的，混杂在一起的，好像就是为了避免每一次精确化，除此之外还有别的什么。但让我不安的并不是这个。

突然我明白了，到底是什么让我在这幅画之前产生了一种附带的怀疑感。这张纸本身就很旧了，我正想说是发黄了，而词呢：变白了的，脆弱的，充满破洞了的。这幅画肯定有一二十年之久了，上面的孩子如今都是成年人了。这不可能是我和 L 生的孩子。难道我和她曾经生活在一起吗？或者是她站在一条我没有选择的道路上，而且也不敢选择？

我真是麻痹了，也明白我又投入了推理。如果我要尝试**精确地**说明这件事，那么自然我是既和 L 一起生活过，又没有和她一起生活过。我必须控制住我的舌头。

我唯一能寄予希望的，是我能出乎意料地闯到一些少有的地方，在那些地方，词汇不用问就会来看着你，一句句子会闪电一样迅速地寻找和另一个在遥远的地方闪烁的句子的关联，就像是在黑暗的水中。唯一的出路好像是碰运气那样来安排你的信任，使得随便哪一种秩序都能把你带到那种可以突然看得清楚事情关联的地方，而你甚至不用把目光朝向那里。

恩典。在同一时刻既能揭示又能饶恕你的恩典。失忆的碎屑。

我有一种不确定的感觉，在这张可能来自我的童年的照片的帮助下，我能够把我的推理弄清楚。这张照片我们还没有检查过。就像你现在能看到的，它自己就从这堆文件里钻出来了。就是说，**它**自发地来报到了，不是受到我提的问题的影响。正是这张照片，能给我们提供一种直接的信息。它已经部分褪色了，但是你还是能看清楚一个男孩，应该是我本人吧，站在一条敞开的船上。收起来的桨在他身后闪光。有一片水光暗示着海，但是背景是不太清晰的，只有一道宽阔的、还有点发暗的条纹。整张照片是模糊不清的，但是充满希望，就好像刚刚得到了一个绝妙的想法。是这个男孩身上有什么特别之处！一手拿着像天线的东西，根据情况来看，最有可能是根钓鱼竿——但看起来好像钓到了什么东西。意义在涌现出来。另一只胳膊略微弯曲，好像是他把什么东西提起来，不，好像是他做了一个手势。裤子向上拉得太高——皮带的扣子在胸口上面闪着光。这闪光几乎是在中心。但是这个孩子身上还是缺少了什么东西，好像就这张照片来说并不是和他相关的东西。或者说，是看着他的人越来越紧张的注意力分散了他的注意力。这张照片显然和我们说的事情有某种关系，但是我什么都抓不住。为什么这个男孩站在船上？有什么意思？他的面部表情并不能给人什么引导。不管怎么样，他没有坐下来，这是让我非常担心的事。事实上，这让我控制不住自己。

我注意到你向前弯着身子，呼吸也有点不一样了。你是对我推理的方式感到恼火吗？或者你看到这张照片上的什么，而我没看到？我曾经对这张照片抱了很大希望，但是什么都没抓住。并不能排除，正是**你的**关注，正是你那种确定照片的方式，反而把它的意义给擦掉了。我不是推卸自己的责任，但是我摆脱不了这样的怀疑，就是我错误地判断了你在场的价值。我一直以为你的同情和共鸣能帮助我分辨事物，让我看得更清楚，以为我们在一起能够好好讨论，达到某种清晰。你坐在这里，当然使我有可能在这样或那样的思路上有所进展，但我使用了这种可能性，反而说掉了事实上存在的不多的几个立足点。我真的不能相信，你对此是完全没有责任的。通向理解的道路一条又一条地在人群中消解掉了，那些指证在重重矛盾中被驱散，就是因为我表达得太精确，就是因为你引诱我表达得太精确。我有一种感觉，情理的领地已经被空白一块一块地侵占了，就因为你鼓励我来阻止这种侵占。我相信，最好你能离开我，把我留在我自己的沉默中，留在我的无声的徘徊绕行转圈子的动作中。

或许是我对你太不公平了？是不是我自己咬住了本来生我的那只手？对你在这件事情关联中的作用，我实在是愚蠢到不能理解的程度。而我注意到，你已经把我的话当真了，站起身来。我自然也消耗掉了你的耐心。

如果你还能留几秒钟，还有件事我实在好奇想问问。我愿意通过你的眼睛来看这件事。也许，你已经得出了有关她的什么看法，像是一种见解，而这是我念念不忘时时刻刻每次呼吸都在搜寻的见解。也许你能看到，我已经很接近她，只需要伸出手就能……或者，也许你在我说的所有这些话里都只看到一种表达，是一种固定不动的，因此也是流逝出去的想法，某些混浊的东西，从头盖骨里的一个生锈的钉子蔓延到我身上。但是，我害怕，你看我的方式也会让这种观察腐败变质。我不能肯定，你对现实的视角和眼界是否就比我更大更宽，即使你是从外部来的。也许是你的目光本身，让我现在变得比一两个小时前更加犹豫不定无法判断。恐怕你是一个非常危险的对话者。如果我们再继续谈一会儿，也许就是你独自坐在这张桌边了。而只有我坐过的那张空椅子，会成为我们进行过谈话的唯一证明。此外，让我恼火的是，你对那个罪责问题纠缠不休，尽管我已经能够证明，没什么是可以确信的。当然，我在肩膀上可以感到你如何把我的参与翻过来扭过去，尽管那完全是想象出来的。不，我相信我知道，通过你的眼睛我能看到什么。找这种麻烦是不值得的。

我听见你现在把你的东西收拾起来了。最好就是这样。别以为我是不知感恩的。你肯定是一片好心。但是，在你现在已经准备好要走的时候，在我的全身，在我身体所有剩下的部分，我都感到你从我们这次会面能带走的全部东西，只是一种巨大的误解。

译者后记

多年前瑞典汉学家、瑞典学院院士马悦然先生就向我推荐过埃斯普马克的这部长篇系列著作《失忆的年代》，认为值得翻译，介绍给中文读者，但我迟至今年才有时间完成第一部《失忆》。

翻译一部文学作品的过程，和一般阅读过程不同，需要字斟句酌，自然也是对作品加深理解的过程，更是文学欣赏的过程，能给人带来更多的阅读之悦阅读之趣，让人获得更多教益。翻译这部作品的过程中，我正是这样体验越来越多的悦趣，也引发很多深入的思考。

悦趣之一是欣赏小说的叙述方式。对我来说，形式的意识是区别小说家优劣的关键。小说不仅在于你写什么，也在于你用什么方式来写，后者甚至更重要。有的小说家只关心内容的精彩离奇，取悦大众，争取销路，而叙述俗套，语言粗糙，根本没有形式感。《失忆》则是一部非常讲究叙述方式的小说，而且正好也是我欣赏的方式。这里有些个人爱好的原因。我自己本来学习过戏剧，也写过小说，早年我就欣赏马原的叙述方式，因此还为他的《冈底斯的诱惑》写过序。后来我自己曾经尝试过一种如戏剧式对话体小说形式（比如我的小说《穿风衣的女人》和《归路迢迢》的叙述方式）。这种形式像是两个人物在台上的对话，而因为看法视角不同，可能面对同一叙述对象却讲述出各自不同的故事。《失忆》的叙述其实也是一种对话方式，只不过是一方始终没有说什么，而是主角一人喋喋不休，几乎像是自言自语，只是偶尔停顿喘口气而已。小说的章节由这种停顿构成，所以分章节时不编号不用标题也有其道理，因为这是一种绵绵不绝的语言流，类似现代小说中的意识流。我在读高行健小说《灵山》中也感受到这种独白式的语言流的悦趣。不知道是否因为这种语言流的共鸣，惺惺相惜，使得作者担任院士的瑞典学院把诺贝尔文学奖的绣球也抛给了高行健，瑞典学院的颁奖词就称赞他开辟了中文小说形式的"新途径"。

我在对话体小说中是用两个人的叙述来探索不同叙述方向可能性。穿同一件风衣的女人，却可以有不同的生活故事。有人把这类小说称为"元小说"或"后设小说"

（英语是 metafiction）。而在《失忆》中，因为对于同一张照片，同一本护照，同一根铁管，主角在自言自语的追忆、推理、分析中也能讲出不同故事，使得叙述有往不同方向发展的可能性，而这正好符合一个失忆者的真实心理状态，可谓心理现实小说和元小说两者兼得。

悦趣之二自然还是小说处理的"失忆"这个主题。正如作者在中文版序言中说的，虽然"失忆"现象在当代社会越来越普遍，但用这个主题来创作系列长篇小说还是首次。在翻译这部小说的过程中，我常常联想到卡夫卡的小说《审判》和加缪的《局外人》。《失忆》中经常使用的一个词"审理过程"或"调查过程"其实就是卡夫卡《审判》书名一样的词（原文是 processen）。而《失忆》主角的那种心理状态，那种自己都已经不知道自己是谁的荒谬，甚至不知道和自己做爱的女人是否真是自己寻找的妻子，"同床异梦"，我觉得和《局外人》的主角有异曲同工之妙。当代社会的"异化"现象（英语 alienation）在中国八十年代其实也是很热门的话题，但在社会全面异化中就已经不是话题了。而这正是小说要点明的"失忆"现象。我们都得了不可救药的健忘症。

悦趣之三是我很久没读到这类文人气很浓的小说了，读来欣喜。《失忆》在我看来无疑是一部学院派作家的、知识分子作家的小说。它真正用得上我最近从国内朋友那里学到的一个新中文词"高端"。不过中国的"高端"可能和这部小说的"高端"意义不同。如果这部小说在中国销路不好，我也不会惊奇。因为这不是中国文学近七十年来推行的所谓"下里巴人"的大众文学，尽管它实际上涉及到了更普遍更深刻的社会问题，它一点不缺少对社会的关注。这是一部我们的中文文学久违了的"阳春白雪"的作品，就和卡夫卡的《审判》或加缪的《局外人》一样，这样的高度，还少有中文作家企及。所以，我最后才真正明白了马悦然先生向我推荐这部作品的良苦用心，而悟出了翻译这部作品的意义。

也因为体会到翻译这部作品的重要性，我翻译时也有些战战兢兢，不仅生怕翻译错误，也担心小说的语言流风格不能流畅体现。这是一个人的自言自语，很口语化，但又不是日常生活和平民百姓的口语。据作者说，这部小说其实还有自传性，所以叙述者其实有深厚的学养，是一个院士的叙说口吻，有一个学院派作者的语言风格。是否能够在译文中完美再现这种语言流，我真没有把握。离国日久，平时使用瑞典文多了，对瑞典文的理解是进步了，而中文却不进则退，虽然我一直坚持写中文用中文。

庆幸我有贵人相助。《失忆》全部译稿都经过马悦然先生仔细校阅订正，至少翻译错误差不多都得到纠正，在此特别致谢。没有他的推荐指点，就不可能有现在这部译作。当过文学编辑的陈文芬女士也看过译稿，提出很多宝贵意见，也特此致谢。此外也感谢我的妻子陈安娜一如既往地为我解决瑞典文方面的疑难。当然，这部小说语言风格独特，难度很大，不妥之处难免，还望行家读后指正。

感谢上海世纪文睿出版公司总编辑邵敏先生促成此书的翻译出版，并亲自编辑。

万　之

写于 2012 年 9 月 18 日

作者简介

谢尔·埃斯普马克（Kjell Espmark，1924—）是瑞典著名作家、诗人、文学评论家、文学教授，曾担任斯德哥尔摩大学文学院院长，现为评选诺贝尔文学奖的瑞典学院终身院士，并多次出任其中五院士组成的评选委员会主席。除长篇小说系列《遗忘的年代》外，还出版有长篇小说《伏尔泰的旅程》、诗集十一本和文学评论集多本，其中包括介绍瑞典的诺贝尔文学奖得奖诗人马丁松的传记《大师马丁松》和专门介绍诺贝尔文学奖评奖原则的专著《诺贝尔文学奖：选择标准的探讨》（此著作的中译本名为《诺贝尔文学奖内幕》，李之义译，漓江出版社）。此外，中文还出版有诗集《黑银河》（李笠翻译，春风文艺出版社）。

译者简介

万之，本名陈迈平（1952—）为长期居住瑞典的中文作家、文学编辑和翻译家。著有小说集《十三岁的足球》、文学评论集《诺贝尔文学奖传奇》及译著《阿尼阿拉号》（瑞典诗人马丁松作）等。曾担任《今天》文学杂志编辑。

图书在版编目(CIP)数据

失忆/(瑞典)埃斯普马克(Espmark, K.)著;万
之译.—上海:上海人民出版社,2012
书名原文:Glömskan
ISBN 978 - 7 - 208 - 11024 - 3

Ⅰ.①失… Ⅱ.①埃… ②万… Ⅲ.①长篇小说-瑞
典-现代 Ⅳ.①I532.45

中国版本图书馆 CIP 数据核字(2012)第 231475 号

GLÖMSKAN

© KJELL ESPMARK 1987

ISBN 91-1-871772-1

1987 年瑞典北方出版社(Norstedts)第一版

世纪文睿出品
Century Literature

出 品 人 邵　敏
责任编辑 邵　敏
封面装帧 王小阳工作室

失　忆

[瑞典] 谢尔·埃斯普马克 著
万　之 译

世纪出版集团

上海人民出版社出版

(200001　上海福建中路 193 号　www.ewen.cc)

世纪出版集团发行中心发行

常熟兴达印刷有限公司印刷

开本 787×1092　1/32　印张 5.25　插页 1　字数 71000

2012 年 10 月第 1 版　2012 年 10 月第 1 次印刷

ISBN 978 - 7 - 208 - 11024 - 3/I · 1061

定价 20.00 元